王曉平　編著

日藏詩經古寫本刻本彙編（第一輯）　第十二册

中華書局

潁濱先生詩集傳（下）

潁濱先生詩集傳卷十一

小雅

祈父之什

祈父刺宣王也

祈父予王之爪牙胡轉予于恤靡所止居

祈父司馬掌封圻之兵書作圻父宣王之末敗於姜氏之戎瓜牙之士爲是怨之歟恤憂也

祈父予王之爪士胡轉予于恤靡所底止祈父宣不聰

胡轉予于恤有母之尸饔

亶誠也尸主也饔祭食也士憂兵敗身沒不得還守

祭祀而使母獨主祭也

祈父三章章四句

白駒大夫刺宣王也

皎皎白駒食我場苗縶之維之以永今朝所謂伊人於焉逍遙

宣王之世賢者有不得其志而去者君子思之曰白駒人之所願乘也苟其肯食於我場我將縶維而之今賢者既已仕矣而莫或留之何哉故於其去也猶欲其於是逍遙逍遙不事事也雖逍遙猶愈於去耳

皎皎白駒食我場藿縶之維之以永今夕所謂伊人於

焉嘉客

客亦非執事者也

皎皎白駒賁然來思爾公爾侯逸豫無期愼爾優游勉

爾遁思

黃白日賁既去矣而猶欲其復來故告之曰子苟來

也將待爾以公侯其爲樂顧豈少哉曷亦愼爾優游

而勉爾遁思以來從我乎愼戒也勉强也

皎皎白駒在彼空谷生芻一束其人如玉無金玉爾音

而有退心

來而莫之顧則去而入於空谷甘於生芻人之望之

如玉之潔也君子於是知其不肯少留而猶欲困□

音聲故告之曰無貴爾音而有遠去之心愛之至也

白駒四章章六句

黃鳥刺宣王也

黃鳥黃鳥無集于穀無啄我粟此邦之人不我肯穀言

旋言歸復我邦族

集木而啄粟者鳥之性也士之願仕於朝而食於祿

亦猶是矣今而却之彼亦有去而已矣夫去非士之

患也使天下之士從此而逝則人主之患也

黃鳥黃鳥無集于桑無啄我梁此邦之人不可與明言

還言歸復我諸兄黃鳥黃鳥無集于栩無啄我粟此邦
之人不可與處言旋言歸復我諸父

黃鳥三章章七句

我行其野刺宣王也

我行其野蔽芾其樗昏姻之故言就爾居爾不我畜復
我邦家

此詩甥舅之諸侯求入爲王卿士而不獲者之所作
也故曰行于野而求庇雖蔽芾之樗猶可以息於其
下而況其非樗也哉人君之用人苟有益於國將無
適而不取今王獨弃其昏姻之人而不用何也則亦

歸復吾國而已

我行其野言采其遂昏姻之故言就爾宿爾不我畜言

歸斯復我行其野言采其葍不思舊姻求爾新特成不

以富亦祇以異

遂菖皆惡菜也特匹也大臣君之四也成當作誠宜

王棄其姻舊而求新特夫苟可用豈必新之是而舊

之非歟雖然如是而獲富可也誠不以富則亦祇以

為異而已

我行其野三章章六句

斯干宣王考室也

考成也

秩秩斯干幽幽南山如竹苞矣如松茂矣兄及弟矣式

相好矣無相猶矣

干澗也猶圖也澗流秩秩窮之而益深南山幽幽入

之而益遠既言宮室之盛如此則又言其下之固如

竹之苞其上之密如松之茂宣王與其兄弟居之又

皆相好而無相圖者是以居之而安也

似續妣祖築室百堵西南其戶爰居爰處爰笑爰語

似肖也爰於也鷹王之亂而宮室敗壞宣王謀所以

續其先妣先祖者故築其宮室將於是居處於是笑

語焉

約之閣閣椓之橐橐風雨攸除鳥鼠攸去君子攸芋

約縮版也閣閣上下相乘也椓椓杵也橐橐杵聲也

芋大也亦作吁君子於是居焉所以爲尊且大也

如跂斯翼如矢斯棘如鳥斯革如翬斯飛君子攸躋

此章言其堂也其嚴正如人之跂而翼翼其恭也其

廉隅如矢之急而直也其峻起如鳥之驚而革也其

軒翔如翬之飛而矯其翼也君子於此升而聽朝焉

蹐升也白雉五色曰翬

殖殖其庭有覺其楹噲噲其正噦噦其冥君子攸寧

此章言其室也殖殖乎其庭廉之高也有覺乎其楹
之直也噲噲乎其正晝之明也噦噦乎其夜冥之深
廣也君子於此休息而安身焉噲噲猶快快也噦噦
猶嘒嘒也

下莞上簟乃安斯寢乃寢乃興乃占我夢吉夢維何維
熊維羆維虺維蛇
莞蒲也簟竹也寢既成設莞簟而寢於其中起而又
占其夢此所以知其國家脩治閒暇之極也

大人占之維熊維羆男子之祥維虺維蛇女子之祥
熊羆毛物陽之祥也虺蛇鱗物陰之祥也

乃生男子載寢之牀載衣之裳載弄之璋其泣喤喤朱

芾斯皇室家君王

寢之於牀尊之也衣之以裳下之飾也弄之以璋尚
其德也喤喤大聲也天子朱芾諸侯以黃朱子之生
於是室者非君則王也是以皆將服朱芾煌煌然矣

乃生女子載寢之地載衣之裼載弄之瓦無非無儀唯

酒食是議無父母詒罹

寢之於地卑之也裼褓也即用其所衣而無加也韓
詩作裧弄之以瓦質而無飾也儀善也有非非婦人
也有善非婦人也唯酒食是議而無違父母憂則可

矣惟愛也

斯干九章四章七句五章五句

無羊宣王考牧也

誰謂爾無羊三百維羣誰謂爾無牛九十其犉爾羊來

思其角濈濈爾牛來思其耳濕濕

羊以三百為羣其羣尚多也得爲無羊乎牛之犉者

九十非犉者尚多也得爲無牛乎黃牛黑脣曰犉聚

其角而息濈濈然呞而動其耳濕濕然

或降于阿或飲于池或寢或訛爾牧來思何簑何笠或

負其餱三十維物爾牲則具

訧動也何揭也箋所以禦雨笠所以禦暑物類也異

毛色者三十故牲無不有

爾牧來思以薪以蒸以雌以雄爾羊來思矜矜不

蹇不崩麾之以肱畢來既升

牧人有餘力則取其薪蒸合其牝牡而牧事盡矣矜

矜兢兢堅彊也蹇麾也崩羣疾也肱臂也升升牢也

使來則畢來使升則旣升言其擾也

牧人乃夢衆維魚矣旐維旟矣大人占之衆維魚矣實

維豐年旐維旗矣室家溱溱

牧人有事于陸耳今又捕魚于水水陸皆有獲焉此

所以爲豐年也龜蛇曰旐鳥隼曰旟龜蛇陰物也鳥

隼陽物也陰陽備故爲室家溱溱室家溱溱衆也宜

王之小雅皆以政事之大小爲先後故首之以征伐

田獵次之以官人又次之以宮室畜牧而美刺不與也

無羊四章章八句

節南山家父刺幽王也

家父周大夫也

節彼南山維石巖巖赫赫師尹民具爾瞻憂心如惔不

敢戲談國既卒斬何用不監

節高峻貌也師太師也尹尹氏也惔燔也卒滅也斬

絕也監視也民之視尹氏如視南山言無不見也見

之者皆爲之憂心如燔特畏其威而不敢言然尹氏

卒不知國之將亡至於滅絕而猶不察也

節彼南山有實其猗赫赫師尹不平謂何天方薦瘥喪

亂弘多民言無加憯莫懲嗟

山之實草木是也薦重也瘥病也憯曾也山之生物

其氣平均如一凡生于其上者無不獶獶其長也尹

氏秉國之均而不平其心則人之榮瘁勞佚有大相

絕者矣是以神怒而重之以喪亂人怨而謗讟其上

然尹氏曾不懲創咨嗟求所以自改也

尹氏太師維周之氏秉國之君四方是維天子是毗俾

民不迷不弔昊天不宜空我師

氏本也毗輔也弔愍也空窮也師眾也尹氏居高任

重而不享天心苟昊天之所不愍則尹氏宜有罪矣

而曷為又窮我眾人哉

弗躬弗親庶民弗信弗問弗仕勿罔君子式夷式已無

小人殆瑣瑣姻婭則無膴仕

仕察也罔欺也夷平也已止也殆危也膴厚也不身

蹈之而欲民之信之民不女信也不知而不問不審

而不察欲以欺之曰吾則能之君子亦不可欺也曷

不試平爾心而止爾不善無使爲小人之所危乎凡

姻婭之人而必皆膴仕則小人進矣

昊天不傭降此鞠訩昊天不惠降此大戾君子如届俾

民心關君子如夷惡怒是違

傭常也鞫盈也訩訟也惠順也届止也閟息也違遠

也以爲昊天不常而降此謗訟歟非也君子如止其

爭心則爲訟者之心關矣以爲昊天不順而降此乘

戾歟非也君子苟平其心則惡怒者遠矣

不弔昊天亂靡有定式月斯生俾民不寧憂心如酲誰

秉國成不自爲政卒勞百姓

病酒曰醒戒平也天不之恤故亂未有所止禍患之

生與歲月增長君子憂之曰誰秉國成者而不務人

人自治其政皆輯以相付其卒使民為之受其勞瘁

而後已

駕彼四牡四牡項領我瞻四方蹙蹙靡所騁

畜馬者求其行也今雖有四牡從好其項領而不為

用非不能行也曰我觀四方蹙蹙褊小無所施吾騁

矣蓋言小人在上雖有賢者而莫能容無有為之用

者也

方茂爾惡相爾矛矣既夷既懌如相醻矣

茂勉也相視也方其勉於為惡也如將相賊者視其

矛矣及其解也如相與醻酢者小人喜怒之不可期

如此是以君子不忍立于其側也

昊天不平我王不寧不懲其心覆怨其正

昊天不平尹氏之為故使王不獲安然尹氏猶不自

懲乃反怨人之正已者言其為惡無有已也

家父作誦以究王訩式訛爾心以畜萬邦

究窮也訩化也畜養也家父作此詩窮王之所以致

天下之謗訟者曰由尹氏不平之故故使之改其心

以含養天下以觀其治否

節南山十章六章八句四章四句

正月大夫刺幽王也

正月繁霜我心憂傷民之訛言亦孔之將念我獨兮憂
心京京哀我小心癙憂以痒

正月夏之四月也將大也京京憂不去也癙痒皆病
也四月純陽用事而繁霜降大夫憂之以為此王聽
用訛言之罰也訛言之害大矣然眾不以為憂也獨
我憂之而已

我憂之而已

父母生我胡俾我瘉不自我先不自我後好言自口莠
言自口憂心愈愈是以有侮

瘉病也莠不實也小人傾詐外爲美言以欺世內爲

僞言以害君子反覆無愧使我憂心愈愈曰以益甚

而反以侮我曰何至是

憂心惸惸念我無祿民之無辜幷其臣僕哀我人斯干

何從祿瞻烏爰止于誰之屋

惸惸獨憂也祿福也幽王刑殺無辜而幷及其臣僕

君子知人之不堪命故告之曰王視烏之所止者誰

之屋鮌有以飲食而無畢弋之患烏之所止也奈何

以刑御民使無所措手足哉

瞻彼中林侯薪侯蒸民今方殆視天夢夢既克有定靡

人弗勝有皇上帝伊誰云憎

侯維也中林之木莫不摧毀而維薪蒸在焉其殘之
也甚矣幽王播其虐于天下大家世族散爲皁隸亦
猶是也民方在危殆之中視天夢夢若無能爲者不
知此天理之未定故也蓋天地之間陰陽相盪高下
相傾大小相使此治亂禍福之所從生也方其未定
何所不至及其既定人未有不爲天所勝者申包胥
曰人衆則勝天天定亦能勝人而老子以爲天網恢
恢疎而不失不然天豈有所憎而禍之耶適當其未
定故耳

謂山蓋早為岡為陵民之訛言寧莫之懲召彼故老訊
之占夢具曰予聖誰知烏之雌雄
人謂山之早者為岡陵而已意其不能有所險阻然
岡陵未嘗不為難也譬如訛言之人豈可以為無害
而莫之懲乎然王曾不以是為慮老成之人徒召而
訊之以占夢曰予既聖矣安所復問得失烏之雌雄
形色無辨人莫能知之幽王君臣皆自謂聖人譬如
烏之雌雄也或曰以山為早而為岡陵于其上譬如
讒人以人罪為未足而又加之也
謂天蓋高不敢不局謂地蓋厚不敢不蹐維號斯言有

倫有脊哀今之人胡爲虺蜴

局曲也蹐重足也倫道也脊理也蜴蜥蜴也君子之

處于世小心畏慎未嘗敢肆天雖高不敢不局地雖

厚不敢不蹐畏其傷之也夫爲此言則過矣然亦有

倫理非妄言也哀今之人胡敢爲虺蜴之行曾無所

畏哉

瞻彼阪田有菀其特天之扤我如不我克彼求我則如

不我得執我仇仇亦不我力

扤動也仇仇偶也君子仕于亂世而困于羣小譬如

特苗之生于阪田風雨動之如恐不勝者故尤之曰

方其求我以爲法也如恐失我耳及與之終日相執

仇仇相偶曾不力用我也書曰凡人未見聖者不克

見聖既見聖亦不克由聖

心之憂矣如或結之今茲之正胡然厲矣燎之方揚寧

或滅之赫赫宗周褒姒威之

正政通屬惡也褒國也姒姓也幽王之嬖后也威亦

滅也

終其永懷又窘陰雨其車既載乃弃爾輔載輸爾載將

伯助予無弃爾輔員于爾輻屢顧爾僕不輸爾載終踰

絶嶮曾是不意

輔所以助輻者也輛墜也員益也幽王曰爲淫虐譬

如行險而不知止者君子永思其終知其又將有大

難故曰又窘陰雨幽王不虞難之將至而棄賢臣焉

故曰乃棄爾輔君子求助于未危故難不至苟其載

之既墮而後號伯以助予則無及矣故教之以無棄

其輔益其輻顧其僕以求不墮其載告之而不信故

又曰終踰絕險曾是不意

魚在于沼亦匪克樂潜雖伏矣亦孔之炤憂心慘慘念

國之爲虐

君子立于衰亂之朝譬如魚之在沼非其所樂雖欲

潛伏而無以自蔽矣

彼有旨酒又有嘉肴洽比其鄰昏姻孔云念我獨兮憂

心慇慇

云旋也慇慇痛心小人以利相求故其鄰比昏姻相

與膠固爲一而君子孑然無朋也

此此彼有屋蔌蔌方有穀民今之無祿天夭是椓哿矣

富人哀此惸獨

此此小也蔌蔌陋也哿可也此此者有居蔌蔌者有

祿小人得志之謂也民方無福故天之夭孽並出而

椓喪之富人猶可勝也惸獨甚矣

正月十三章章八句五章六句

十月之交大夫刺幽王也

小雅無屬王之詩鄭氏以爲十月之交雨無正小旻

小宛皆屬王之詩也毛公作詁訓傳而遷其第因改

之耳其言此詩所以非幽王者曰師尹皇父不得並

政褒姒豔妻不得偕寵番與鄭桓不得同位此其所

挾以爲屬王者也使幽王之世師尹皇父番與鄭桓

先後在事褒姒以色居正位謂之豔妻其誰曰不可

且漢之諸儒興師相攻甚于仇讎苟毛公誠改詩第

則他師將不宵信而韓詩之次與毛詩合此足以明

其非厲王也

十月之交朔日辛卯日有食之亦孔之醜彼月而微此

日而微今此下民亦孔之哀

日食天變之大者也然正陽之月古尤忌之夏之四

月為純陽故謂之正月十月為純陰故謂之陽月純

陽而食陽弱之甚也純陰而食陰壯之甚也交日月

之交會也交當朔則日食然亦有交而不食者交而

食陽微而陰乘之也交而不食陽盛而陰不能掩也

故君子醜之大變既見君子知國之將亡國亡則民

首被其患是以哀之也

日月告凶不用其行四國無政不用其良彼月而食則

維其常此日而食于何不臧

行道也

爗爗震電不寧不令百川沸騰山冢崒崩高岸為谷深

谷為陵哀今之人胡憯莫懲

令善也山頂曰冢崒鬼也

皇父卿士番維司徒家伯為宰仲允膳夫聚子內史蹶

維趣馬楀維師氏豔妻煽方處

皇父家伯仲允皆字番聚蹶楀皆氏豔妻褒姒也煽

熾也七人者皆褒姒之黨故極其熾而並處於位然

六人各有常官而皇父兼檀羣職故以卿士目之周

禮有大宰小宰夫家伯維宰未詳何宰也

柳此皇父豈曰不時胡為我作不卽我謀徹我牆屋田

卒汙萊曰予不戕禮則然矣

時是也下荒則汙上荒則萊戕殘也皇父不知為政

然未嘗自謂我不是也作而害民民怨之矣然猶曰

予未嘗殘民禮則當然矣

皇父孔聖作都于向擇三有事亶侯多藏不憖遺一老

俾守我王擇有車馬以居徂向

向皇父邑也亶信也侯維也憖強也皇父自謂聖矣

然其建國而擇三卿信維多藏之人耳以卿士出封

而周之老與其富民無不從者言恣而且貪也民富

者乃有車馬耳

降自天噂沓背憎職競由人

亹勉從事不敢告勞無罪無辜讒口囂囂下民之孽匪

囂囂眾也噂聚也沓重復也職專也競力也無罪猶

且見讒而況敢告勞予故曰下民之孽于非天之所爲

也噂噂沓沓多言以相說而背相憎專力爲此者人

也而豈天哉

悠悠我里亦孔之痗四方有羨我獨居憂民莫不逸我

日藏詩經古寫本刻本彙編

獨不敢休天命不徹我不敢傚我友自逸

里居也痒病也羨餘也徹通也天命之不通我知之

矣然而不敢傚其友之自逸所謂知其不可而爲之

者也

十月之交八章章八句

雨無正大夫刺幽王也

浩浩昊天不駿其德降喪饑饉斬伐四國旻天疾威弗

慮弗圖舍彼有罪既伏其辜若此無罪淪胥以鋪

駿長也舍置也淪陷也胥相也鋪徧也幽王之亂民

之無罪而被禍災者無所歸咎曰天實爲之天之生

物浩然其若無窮者奈何不長其德旣已生之而又
降喪亂饑饉以斬伐之哉豈天怒之迅烈曾弗之應
而弗之圖乎彼有罪者則旣伏其辜矣置而弗誅可
也若此無罪而使之相與陷溺無不徧焉何也此其
所以爲雨無正也雨之至也不擇善惡而雨焉幽王
之世民之受禍者如受雨之無不被也夫雨豈嘗有
所正哉此所以爲雨無正也而毛氏不達故序以
爲雨自上下者也衆多如雨而非所以爲政此則是
詩之所不及也

周宗旣滅靡所止戾正大夫離居莫知我勩三事大夫

莫肯夙夜邦君諸侯莫肯朝夕庶曰式臧覆出爲惡

周宗姬姓之宗也正大夫大夫之爲官長者也三事

大夫三公也戾定也勤勞也幽王暴虐無親宗族破

滅大夫離散獨三公諸侯在耳而亦無肯勤王者君

子曰庶幾王以是懼而爲善然反益爲惡而不知已

如何昊天辟言不信如彼行邁則靡所臻凡百君子各

敬爾身胡不相畏不畏于天

辟法也幽王曰益不悛君子呼天而告之曰奈何哉

法度之言王終莫肯信者如人恣行而忘反我不知

其所至矣旣巳憂之則又告其羣臣使皆敬其身庶

幾輔之者眾王猶可得免耳

戎成不退饑成不遂曾我暬御慘慘日瘁凡百君子莫

肯用訊聽言則答譖言則退

戎兵也遂進也易曰不能退不能遂暬御侍御也凶

王凌虐天下君子知其將有兵難故憂之曰苟兵難

既成王雖欲退而休之不可得矣兵連而不解民且

不能稼則又將有饑患饑患既成王雖欲進而攘之

亦不可得矣此勢之所不免而禍之必至者也然獨

其侍御之臣憂之耳羣臣莫以告王者徒告之以道

聽之言而求其答之譖想之言而求其退之耳

哀哉不能言匪舌是出維躬是瘁哿矣能言巧言如流

俾躬處休

言之忠者世之所謂不能言也哿可也常可人意者

佞人之言也此世所謂能言也

維曰于仕孔棘且殆云不可使得罪于天子亦云可使

怨及朋友

于往也人皆曰往仕耳曾不知仕之急且危也何者

幽王之世直道者王之所謂不可使而枉道者王之

所謂可使也直道者得罪于君而枉道者見怨于友

此仕之所以難也

謂爾遷于王都曰予未有室家鼠思泣血無言不疾昔

爾出居誰從作爾室

仕之多患也故君子有去者有居者居不忍王之

無臣與巳之無徒也則告之使復遷于王都去者不

聽而以無家辭之之居者于是憂思泣血患其出言而

舉皆疾之無與和之者故詰之曰昔爾之去也誰爲

爾作室者而今以是辭我哉

雨無正七章二章十句二章八句三章六句

小旻之什

小旻大夫刺幽王也

小旻小宛小弁小明四詩皆以小名篇所以別其爲

小雅也其在小雅者謂之小故其在大雅者謂之召

旻大明獨宛弁關焉意者孔子刪之矣雖去其大而

其小者猶謂之小蓋即用其舊也

旻天疾威敷于下土謀猶回遹何日斯沮謀臧不從不

臧覆用我視謀猶亦孔之邛

敷布也回邪也遹辟也沮止也邛病也言天禍迅烈

遹于下矣而王之邪謀終莫之改也

潝潝訿訿亦孔之哀謀之其臧則具是違謀之不臧則

具是依我視謀猶伊于胡底

潝潝言相和也訿訿言相詆也底至也伊于胡底未

有所定也

我龜既厭不我告猶謀夫孔多是用不集發言盈庭誰

敢執其咎如匪行邁謀是用不得於道

卜筮數故龜瀆而不告謀者多無斷而行之者故其

功不成故曰謀之在多斷之在獨盈庭皆言尚誰敢

指其是非者哉譬如欲行而不先為行邁之謀隨人

而妄行是以終不得其道

哀哉為猶匪先民是程匪大猶是經維邇言是聽維邇

言是爭如彼築室于道謀是用不潰于成

程法也經常也潰遂也築室于道而與行道之人謀

之人心不同而皆聽焉是以不能遂成也

國雖靡止或聖或否民雖靡膴或哲或謀或肅或艾如

彼泉流無淪胥以敗

止定也政濫則民德無所定膴大也肅乂哲謀聖五

者書之五事也雖世亂民辟猶有賢者在焉苟能用

之愚者可賴以皆濟也者廢而不用而使愚者塈之

於上則相與皆敗無能為矣譬如泉水苟疏而流之

則於腐者從之而行苟不疏其源而瀦畜之雖其流

者亦相與陷溺腐敗而已矣

不敢暴虎不敢馮河人知其一莫知其他戰戰兢兢如
臨深淵如履薄冰
徒搏曰暴虎徒涉曰馮河小人智慮不能及遠暴虎
馮河之患近在目前則知避之喪國亡家之禍遠在
歲月而不知憂也故曰戰戰兢兢如臨深淵如履薄
冰臨淵恐墜而履冰恐陷善為國者常如是矣

小旻六章三章章八句三章章七句

小宛大夫刺幽王也

宛彼鳴鳩翰飛戾天我心憂傷念昔先人明發不寐有
懷二人

宛小貌也翰羽也戾至也明發旦也二人文武也宛

然鳴鳩而求戾天難矣小人而責其繼文武之功亦

難矣是故君子憂傷而念其先王有懷文武哀其業

之將墜也

人之齊聖飲酒溫克彼昏不知一醉日富各敬爾儀天

命不又

齊正也克勝也彼昏斥幽王也又復也天命之去人

不復反也

中原有菽庶民采之螟蛉有子蜾蠃負之教誨爾子式

穀似之

莪蒿也蟓蛉桑虫也螺蠃蒲盧也莪生中原民無有

不獲采者蟓蛉之子螺蠃頁之以爲巳子無難也今

王豈以天下之衆爲王有邪亦將有取而教誨之者

矣

題彼脊令載飛載鳴我日斯邁而月斯征夙興夜寐無

忝爾所生

題視也脊令飛鳴不能自舍君子之勤于事不舍日

月者以自況也故告王以夙夜勉强庶幾不忝其父

祖

交交桑扈率場啄粟哀我填寡宜岸宜獄握粟出卜自

何能穀

桑扈竊脂也率循也填盡也岸亦獄也卜予也或曰

卜之言試也君子之不爲不義出于其性猶竊脂之

不食粟雖欲食而不可得也特以其居于亂世而填

盡寡弱無以行賂則其陷于岸獄也固宜曷不握粟

而往試之彼桑扈何自能食穀哉

溫溫恭人如集于木惴惴小心如臨于谷戰戰兢兢如

履薄冰

此君子遭亂憂懼之辭也

小宛六章章六句

小弁刺幽王也

毛詩之序曰太子之傅作焉

罪伊何心之憂矣云如之何

弁彼鸒斯歸飛提提民莫不穀我獨于罹何辜于天我

弁樂也鸒甲居甲居雅烏也雅烏小而好羣提提羣

貌也穀養也罹憂也幽王娶于申生太子宜曰又愛

褒姒生子伯服立以爲后而放宜曰將殺之鳥猶不

失其類民猶莫不相養而太子獨不容于王曾彼之

不若是以號天而訴之也

踧踧周道鞠爲茂草我心憂傷怒焉如擣假寐永歎維

憂用老心之憂矣疢如疾首

蹴蹴平易也岐周之道道之平者也鞠窮也夫婦之

相安父子之相愛亦天下之所共由今獨廢而不行

故其憂之深也怒思也疢病也

維桑與梓必恭敬止靡瞻匪父靡依匪母不屬于毛不

離于裏天之生我我辰安在

屬離皆附也辰日月所會也桑梓久而不斃見父母

之所植猶不敢不敬況于父母之無不瞻依也哉然

父母之不我愛豈我獨無所離屬乎不然我生之辰

不善哉何不祥至是也

苑彼柳斯鳴蜩嘒嘒有漼者淵萑葦淠淠譬彼舟流不
知所届心之憂矣不遑假寐

蜩蟬也嘒嘒聲也漼深貌也淠淠多也柳茂則多蟬
淵深則多萑葦言物之大者無所不容而王獨不容其
子使漂然如無繫之舟不知其所極也

鹿斯之奔維足伎伎雉之朝雊尚求其雌譬彼壞木疾
用無枝心之憂矣寧莫之知

伎伎舒也雊鳴也鹿走而留其羣雉鳴而求其雌物
無不有恩于其親者親之不可去非獨以其愛亦以
其助也今王獨弃后而逐太子兀然如壞木之無枝

相彼投兔尚或先之行有死人尚或墐之君子秉心維

其忍之心之憂矣涕既隕之

相視也投掩也先先投者而覺之也行道也墐瘞也

君子幽王也

薪杝矣舍彼有罪干之佗矣

君子信讒如或醻之君子不惠不舒究之伐木掎矣析

太子失愛於幽王有讒之者則受而行之不復徐究

如獻酬之無不受也伐木者掎其顛析薪者隨其理

猶不欲其摧敗今王之遇太子曾伐木析薪之不若

而曾莫之顧何也

太子無罪而妄加之也佗加也

莫高匪山莫浚匪泉君子無易由言耳屬于垣無逝我

淩深也由從也山高矣而人猶登之泉深矣而人猶

梁無發我筍我躬不閱皇恤我後

入之今王輕用讒言豈謂人莫獲知之歟將有屬耳

于垣而聽之者矣旣以此告王又恐襃姒伯服之害

其成業故告之以無敗梁筍猶谷風之義也

小弁八章章八句

巧言刺幽王也

悠悠昊天曰父母且無罪無辜亂如此憮昊天巳威予

慎無罪昊天泰憮予慎無辜

憮大也巳泰皆甚也慎謹也君子困于讒人故訴之

于天曰天之于人若父母然今我無罪而遭此大亂

何也政巳甚虐矣亂巳甚大矣予無罪而天不弔何

也

亂之初生僭始既涵亂之又生君子信讒君子如怒亂

庶遄沮君子如止亂庶遄巳

僭不信也涵容也祉福也遄疾也沮止也此小人爲讒

于其君必以漸入之其始也進而嘗之君容之而不

拒知言之無忌于是復進既而君信之然後亂成君

子以為不幸而至此矣若人君一日覺悟大有所誅
賞如楚莊齊威之事則亂猶庶幾可止也小毖之頌
曰予其懲而毖後患莫予荓蜂自求辛螫成王周公
之戒比王之悟亦嘗有所誅戮也哉

君子屢盟亂是用長君子信盜亂是用暴盜言孔甘亂
是用餤匪其止共維王之卬

春秋之際君臣相疑則盟讒人搆其君臣利在不究
其實君遂從之而徒以盟誓相要此亂之所以日長
也盜者伏而得之之謂也讒人之誣君子曰吾能得
其隱衆莫知也而君遂信之此小人之所以恣行也

餤進也讒人之言必有以悦人者人君而味于其言

此小人之所以獲進也止職也卬病也言小人不守

其位維爲讒以病王也

奕奕寢廟君子作之秩秩大猷聖人莫之他人有心予

忖度之躍躍毚兔遇犬獲之

奕奕大也秩秩有序也莫定也毚狡兔也奕奕寢廟

天下之正居也秩秩大猷天下之達道也居天下之

正居行天下之達道他人之心可得而度也雖有毚

兔行于隱伏將有爲我獲之而至者苟守吾正則天

下之情畢見于前矣安用旁覤而竊伺之以讒人爲

巳耳目哉

荏染柔木君子樹之往來行言心焉數之蛇蛇碩言出

自口矣巧言如簧顏之厚矣

木之可揉者君子樹之言之可行者君子糜之往可

行也來不可行也君子不用也往來可行不可行

也君子不由也今小人蛇蛇然徐爲大言于其

口而巳中無有也巧言如簧顏雖甚厚其中未必不

愧也

彼何人斯居河之麋無拳無勇職爲亂階既微且尰爾

勇伊何爲猶將多爾居徒幾何

時有是人也水草之交曰麋舉力也骭瘍為微腫足
為煙猶謀也將大也其謀既大且多其徒幾何而能

然哉

巧言六章章八句

何人斯蘇公刺暴公也

彼何人斯其心孔艱胡逝我梁不入我門伊誰云從維

暴之云

艱嶮也梁橋也暴公為卿士而譖蘇公蘇公之友有

與偕譖之者從公以過蘇公而不入見故弁譏之此

詩主言何人而曰刺暴公者譖出于暴公而何人與

焉以暴公爲不足刺而刺何人則亦所以刺暴公也

二人從行誰爲此禍胡逝我梁不入唁我始者不如今

云不我可

始謂我可而今謂我不可也

彼何人斯胡逝我陳我聞其聲不見其身不愧于人不

畏于天

陳堂塗也

彼何人斯其爲飄風胡不自北胡不自南胡逝我梁祇

攪我心

飄風暴暴風言其去之速也

爾之安行亦不遑舍爾之亟行遑脂爾車壹者之來二云

何其盱

盱病也安行則當止舍速行則不暇脂車矣反覆究
之而不得其情故曰一來見我于女何病哉

爾還而入我心易也還而不入否難知也壹者之來俾

我祗也

易悅也祗安也

伯氏吹壎仲氏吹篪及爾如貫諒不我知出此三物以

詛爾斯

土曰壎竹曰篪與女義如兄弟和如壎篪勢相次比

如物之在貫女豈誠不我知而譖我哉苟誠不我知

也則出犬豕雞三物以詛之可也

為鬼為蜮則不我得有覿面目視人罔極作此好歌以

極反側

見今與女相視無窮奈何為此禍哉

蜮短狐也覿姤也姤醜也鬼蜮皆能陰害人而不可

何人斯八章章六句

巷伯寺人也

巷伯刺幽王也

姜令斐今成是貝錦彼譖人者亦已太甚

萋菲文相錯也貝錦錦之貝文者也讒人之攜君子

其所以集成其罪者猶織者縷縷相錯以成爲錦也

哆兮侈兮成是南箕彼譖人者誰適與謀

哆侈皆張也南箕非箕也因其有是形而命之耳讒

人之誣君子亦必因其近似而遂名之斯人自謂辟

嫌之不審也

緝緝翩翩謀欲譖人愼爾言也謂爾不信

緝緝翩翩多言貌也君子相告以愼言恐讒人誣之

以不信也

捷捷幡幡謀欲譖言豈不爾受旣其女遷

捷捷幡幡亦多言貌也遷改也與讒人處苟與之誠

言夫豈不受哉既而改之以告人耳

驕人好好勞人草草蒼天蒼天視彼驕人矜此勞人

好好樂也草草憂也

彼譖人者誰適與謀取彼譖人投畀豺虎豺虎不食投

畀有北有北不受投畀有昊楊園之道猗于畝丘寺人

孟子作爲此詩凡百君子敬而聽之

楊園園名也畝丘丘名也猗加也作起也將之楊園

其道必從畝丘以言讒人欲譖大臣亦自小臣始是

以孟子起爲此詩以告君子使皆聽之以自防也

巷伯七章四章四句一章五句一章八句一章

六句

谷風刺幽王也

習習谷風維風及雨將恐將懼維予與女將安將樂女

轉棄予

風雨之相須猶朋友之相濟幽王之世天下俗薄朋

友窮達相棄故以刺焉

習習谷風維風及頹將恐將懼寘予于懷將安將樂棄

予如遺

頹風之焚輪者風薄相扶而上亦猶朋友之相將也

習習谷風維山崔嵬無草不死無木不萎忘我大德思
我小怨

習習之風草木之所以生也崔嵬之山草木之所以
養也然不能使草不死木不萎者天地之功猶有所
不足奈何忘我大德而獨思我小怨哉

谷風三章章六句

蓼莪刺幽王也

蓼蓼者莪匪莪伊蒿哀哀父母生我劬勞

蓼蓼者莪長大貌莪蘿蒿也蘿蒿可食而蒿不可食采莪
者將以食之譬如生子者將頼其養也幽王之世孝

子行役而遭喪哀其父母生已之勞而養不終如采

莪者之得蒿也

蓼蓼者莪匪莪伊蔚哀哀父母生我勞瘁

蔚牡菣也

缾之罄矣維罍之恥鮮民之生不如死之久矣

缾小而罍大使缾至于罄者罍之恥也使民至于窮

而無告者亦上之恥也鮮善也人皆以生為善孝子

之不獲終養者以為不如死也

無父何怙無母何恃出則銜恤入則靡至

恤憂也入而不見則若無所至也

父兮生我母兮鞠我拊我畜我長我育我顧我復我出

入腹我欲報之德昊天罔極

鞠養也腹厚也

南山烈烈飄風發發民莫不穀我獨何害南山律律飄

風弗弗民莫不穀我獨不卒

虐政之病人如大寒之視南山而聞飄風烈烈律律

其可惡也發發弗弗其可疾也穀養也卒終也

蓼莪六章四章四句二章八句

大東刺亂也

毛詩之叙曰譚大夫之所作也

有饛簋飧有捄棘匕周道如砥其直如矢君子所履小
人所視聰言顧之潸焉出涕
饛滿也飧熟食也捄長也棘匕所以載鼎實也幽王
不恤諸侯賦役繁重下國困竭君子思先王之世諸
侯富足其簋之飧饛然其鼎之匕捄然當是時也周
之所以取於諸侯者平均正直凡今之君子猶及行
之小人猶及見之至于幽王而遂不然是以顧之而
出涕也
小東大東杼軸其空糾糾葛屨可以履霜佻佻公子行
彼周行既往既來使我心疚

斜斜疏貌也佻佻獨行也既盡也自周視諸侯皆東
也小大皆取于東東人之杼軸空矣然周人猶莫之
恤曰猶有葛屨則可使履霜矣猶有公子則可使行
于周道矣公子國之貴也于是則盡竭其所有以往
盡輸之以來而中心病之也

有列迆泉無浸穫薪契契窘歎哀我憚人薪是穫尚
可載也哀我憚人亦可息也

列寒也側出曰泏泉穫艾也契契憂苦也憚亦作癉
勞也薪巳艾矣而復浸之則腐民巳勞矣而復事之
則病故巳艾則庶其穫而畜之巳勞則庶其息而安

之

東人之子職勞不來西人之子粲粲衣服

來勞來也言勞佚之不平也

舟人之子熊羆是裘私人之子百僚是試

舟人水居而服熊羆之裘所服非其所有也私人無

耤于王室而試百官所事非其所職也言紀綱敗壞

無不失其舊也

或以其酒不以其漿鞙鞙佩璲不以其長

有醉于其酒者有不得其漿者然其所厚未必賢也

故曰雖則佩玉盛服而非其長過人也鞙鞙佩玉貌

也璇瑞也

維天有漢監亦有光跂彼織女終日七襄雖則七襄不

成報章睆彼牽牛不以服箱東有啟明西有長庚有捄

天畢載施之行維南有箕不可以簸揚維北有斗不可

以挹酒漿維南有箕載翕其舌維北有斗西柄之揭

君子告窮而不敢正言故爲隱焉而使自察之其言

王雖在上而無能明者則曰維天有漢監亦有光監

視也言東人空其杼軸而輸之王王曾無以報之則

曰跂彼織女終日七襄雖則七襄不成報章跂偶貌

也襄駕也自旦至暮七辰辰一移此所謂七駕也人

之織也其緯往而復反此所謂報章也星之駕也西

而不東此所謂不成報章也言東人盡其車牛以輪

其職貢勞敝于道路則曰睆彼牽牛不以服箱以為

維是獲免耳睆明也牽牛河鼓也服較也箱兩較間

也言王之百役皆取于東則曰東有啓明西有長庚

啓明長庚皆太白也言東人飲食旣竭雖有其器而

無所用之則曰有捄天畢載施之行畢所以掩捕鳥

獸也言其器雖在而皆已破敝則曰維南有箕不可

以簸揚維北有斗不可以挹酒漿言徒有其器而無

其實則曰維南有箕載翕其舌翕合也有箕而合其

舌無所揚也言東人勞苦而爲之西人服豫而取之

則曰維北有斗西柄之揭斗雖北之有也而西實揭

其柄者所操以取也

大東七章章八句

四月大夫刺幽王也

四月維夏六月徂暑先祖匪人胡寧忍予

徂往也四月始夏而六月暑遂往矣言周之治世未

幾而亂作也是以君子自傷生于亂世曰先祖非人

哉而忍生我于是此所謂窮則反本浩浩昊天不駿

其德先祖匪人胡寧忍予一也皆無所歸怨之辭也

其實以爲非其罪也

秋日淒淒百卉具腓亂離瘼矣奚其適歸冬日烈烈飄

風發發民莫不穀我獨何害

腓瘼皆病也夏旣徂矣則秋風至而百草病先王旣

沒民被幽王之患有亂離之病矣而未知其終所適

歸者故繼之曰冬日烈烈飄風發發言其未必至是

也

山有嘉卉侯栗侯梅廢爲殘賊莫知其尤

梅栗有實之木也人以其有實也朝夕取焉是以廢

爲殘賊而莫知其所以獲罪言幽王暴而剥下下無

完民也

相彼泉水載清載濁我日搆禍昌云能穀滔滔江漢南

國之紀盡瘁以仕寧莫我有

一泉之水無以紀之則清濁不可常矣幽王失道諸

侯放恣天下治亂莫能相一亦猶是也夫欲治是也

必先自治今我尚日搆亂而安能善彼哉是以思得

王者以紀諸侯如江漢之紀泉水使天下國有所宗

而人有所頼盡瘁以仕而上有有之者

匪鶉匪鳶翰飛戾天匪鱣匪鮪潛逃于淵山有蕨薇隰

有杞桋君子作歌維以告哀

鶪�也棲或作爽幽王之亂天下逃散非鶉非鳶而

高飛非鱣非鮪而深潛故大夫有退而食蕨薇苴杞

桋以免于禍者作此詩以告其哀憐天下之志非以

爲其身也

四月八章章四句

潁濱先生詩集傳卷十一終

北山之什　　小雅

北山大夫刺幽王也

陟彼北山言采其杞偕偕仕子朝夕從事王事靡盬憂

我父母

此說與杕杜同偕偕強壯貌

溥天之下莫非王土率土之濱莫非王臣大夫不均我

從事獨賢

賢過人也

四牡彭彭王事傍傍嘉我未老鮮我方將旅力方剛經

大車牛車也痕病也將大車則塵汙之思百憂則病

無將大車祇自塵兮無思百憂祇自痕兮

無將大車大夫悔將小人也

北山六章章六句三章章四句

或湛樂飲酒或慘慘畏咎或出入風議或靡事不為

鞅掌失容也

不知叫號或慘慘劬勞或棲遲偃仰或王事鞅掌

或燕燕居息或盡瘁事國或息偃在牀或不已于行或

嘉鮮皆善也將壯也

營四方

及之譬如任小人者患及其身亦不可逃也

無將大車維塵冥冥無思百憂不出于穎

穎光也

無將大車維塵雝兮無思百憂祇自重兮

雝蔽也重累也

無將大車三章章四句

小明大夫悔仕于亂世也

明明上天照臨下土我征徂西至于艽野二月初吉載

離寒暑心之憂矣其毒大苦念彼共人涕零如雨豈不

懷歸畏此罪罟

大夫行役久勞而不息故稱天之無不照臨言臣下
無賢勞而不察者也芃地名也初吉朔日也行始于
二月而載離寒暑則冬矣是以思有共德之人而事
之

昔我往矣日月方除曷云其還歲聿云莫念我獨兮我
事孔庶心之憂矣憚我不暇念彼共人睠睠懷顧豈不
懷歸畏此譴怒
除除陳生新也憚勞也

昔我往矣日月方奧曷云其還政事愈感歲聿云莫采
蕭獲菽心之憂矣自貽伊戚念彼共人與言出宿豈不

懷歸畏此反覆

奧煖也出宿不安寢也

嗟爾君子無恒安處靖共爾位正直是與神之聽之式

穀以女

穀善也有父勞于外則必有父安于內者矣故告之

使無以安處為常靖共其位而與正直庶乎神之聽

之而以女為善也

嗟爾君子無恒安息靖共爾位好是正直神之聽之介

爾景福

小明五章三章十二句二章六句

鼓鍾刺幽王也

鼓鍾將將淮水湯湯憂心且傷淑人君子懷允不忘
　幽王作樂於淮上而人疾之故思古之君子焉

鼓鍾喈喈淮水湝湝憂心且悲淑人君子其德不回鼓
鍾伐鼛淮有三洲憂心且妯淑人君子其德不猶
　鍾伐鼛淮有三洲憂心且妯淑人君子其德不猶
　始言湯湯水盛也中言湝湝水流也終言三洲水落
　而洲見也言幽王之义於淮上也鼛大鼓也妯動也
　不猶不若也不若幽王也

鼓鍾欽欽鼓瑟鼓琴笙磬同音以雅以南以籥不僣
　欽欽鍾聲也將作樂則鼓鍾所謂金奏也琴瑟在堂

笙磬在下同音言其和也雅二雅也南二南也幽王
之世風有二南而巳故播此二詩於篇言幽王之不
德豈其樂非古歟樂則是矣而二人則非也

鼓鍾四章章五句

楚茨刺幽王也

楚楚者茨言抽其棘自昔何為我藝黍稷我黍與我
稷翼翼我倉既盈我庾維億以為酒食以享以祀以妥
以侑以介景福

侑勸也介助也楚茨傷今王而思古之詩也故稱古之

抽除也與與翼翼蕃廡也露積曰庾十萬曰億妥安也

人去其茨棘以藝黍稷以實倉廩以爲酒食以享先
祖于其享也主人拜尸而安之祝勸尸而食之所以
事之無不至者故于餘章詳言之凡詳言之者皆思
而不得見之辭也

濟濟蹌蹌潔爾牛羊以往蒸嘗或剝或亨或肆或將祝
祭于祊祀事孔明先祖是皇神保是饗孝孫有慶報以

介福萬壽無疆

濟濟蹌蹌言有容也剝解之也亨飪之也肆陳其骨體
於祖也將奉持而進之也祊門內也孝子不知神之
所在故使祝愽求之門內其待賓客之處也於是先

祖大而安饗之報之以介福皇大也保安也介大也

執爨踖踖爲俎孔碩或燔或炙君婦莫莫爲豆孔庶爲

賓爲客獻醻交錯禮儀卒度笑語卒獲神保是格報以

介福萬壽攸酢

爇饔爨廩爨也踖踖言有容也俎從獻之俎也燔燒

肉炙炙肝君婦王后也莫莫清靜而敬至也豆肉爇

庶羹也庶多也多爲之者以爲非特以享也將以祭

終而燕尸賓爲故及其燕也獻醻交錯而無不徧行

禮至卒而無非度笑語至卒而無不得言和而不亂

也古者於旅也語酢報也

我孔熯矣式禮莫愆工祝致告祖賚孝孫苾芬孝祀神

嗜飲食卜爾百福如幾如式既齊既稷既匡既敕永錫

爾極時萬時億

熯竭也禮行既久筋力竭矣而式禮莫愆敬之至也

善其事曰工苾苾芬香也卜之也幾期也春秋傳

曰易幾而哭式法也齊整也稷疾也匡正也敕戒也

極中也于是祭將畢祝致神意以嘏主人曰爾飲食

芳潔故報爾以福祿使其來如幾其多如法爾禮容

莊敬故報爾以中和應萬物而不匱言各隨其事而

報之以其類也

禮儀既備鐘鼓既戒孝孫徂位工祝致告神具醉止皇

尸載起鼓鐘送尸神保聿歸諸宰君婦廢徹不遲諸父

兄弟備言燕私

於是禮備作鐘鼓以戒在位主人就位於堂下西面

祝致主人之意告尸以利成尸遂起奏肆夏以送之

諸宰徹饌后徹豆邊既畢歸賓客之俎而燕同姓所

以尊賓客而親兄弟也

樂具入奏以綏後祿爾殽既將莫怨具慶既醉既飽小

大稽首神嗜飲食使君壽考孔惠孔時維其盡之子子

孫孫勿替引之

後祿祭之餘福也將行也惠順也替廢也引長也・祭

畢而燕于寢則祭樂皆入以安其餘福骰釜既行兄

弟無有怨者皆慶于君曰神乃歆嗜飲食將使君壽

考既順且時兼盡而有之矣子孫尚能勿替而長行

之

楚茨六章章十二句

信南山刺幽王也

信彼南山維禹甸之畇畇原隰曾孫田之我疆我理南

東其畝

旬治也畇畇墾闢貌也曾孫成王也疆畫經界也理

分土宜也禹治洪水而成王墾闢汙萊至幽王之世

其迹皆在而王弗治故君子思古焉

上天同雲雨雪雰雰益之以霡霂既優既渥既霑既足

生我百穀

霡霂小雨也言仁人在上則冬有積雪春而繼之以

雨故百穀無不遂也

疆場翼翼黍稷或或曾孫之穡以為酒食畀我尸賓壽

考萬年

場畔也翼翼脩治也或盛茂也歛稅曰穡畀予也

中田有廬疆場有瓜是剝是菹獻之皇祖曾孫壽考受

日藏詩經古寫本刻本彙編

天之祜

田中爲廬以便田事疆場種瓜以盡地利瓜成剝削

淹漬爲菹而獻之所以盡四時之異物也

祭以清酒從以騂牡享于祖考執其鸞刀以啓其毛取

其血膋

清玄酒也酒鬱鬯五齊三酒也牲用騂牡周尚赤也

祭禮以鬱鬯降神然後迎牲而獻之以告肥也鸞刀

刀之有鸞者也毛以告純也血以告殺也取膟膋燔

燎以報陽也

是烝是享苾苾芬芬祀事孔明先祖是皇報以介福萬

烝進也

信南山六章六句

甫田刺幽王也

倬彼甫田歲取十千我取其陳食我農人自古有年今

適南畝或耘或耔黍稷薿薿攸介攸止烝我髦士

倬明也甫大也歲取十千井田一成之數也九夫為

井井稅一夫為田百畝井十為通通稅十夫為田千

畝通十為成成方千里其稅百夫為田萬畝此所謂

十千也耘除草也耔離本也薿薿盛也介助也烝進

也髦俊也一成之田而歲取萬畝以爲國用又將取
其陳積以時發歛以助農夫之乏困此自古有年之
法不可廢者也是以親適南畝而視其耘耔助其勤
力止其怠惰進其髦俊庶幾有年以遵古之成法所
謂進其髦俊者如漢龍力田之類歟
以我齊明與我犧羊以社以方我田既臧農夫之慶琴
瑟擊鼓以御田祖以祈甘雨以介我黍稷以穀我士女
齊六穀也明潔也犧純色也秋成而祭社及四方報
其功也周官仲秋獮田以祀方慶賜也農夫之慶既
蜡而息農夫也御迎也田祖先嗇也孟春既郊而始

耕則祭之所以祈芃雨也周官祈年于田祖吹豳雅

擊土鼓毅養也

曾孫來止以其婦子饁彼南畝田畯至喜攘其左右嘗

其旨否禾易長畝終善且有曾孫不怒農夫克敏

讓取也禾易禾生樂易也長畝竟畝也敏疾也成王

之勞農也農夫以其婦子饁于南畝於是田畯至而

喜之取其左右之饋而嘗之以知其旨否民知成王

之勤于農事則盡力于禾其生竟畝如一庶幾終善

且有于是成王無所譴者曰農夫敏矣

曾孫之稼如茨如梁曾孫之庾如坻如京乃求千斯倉

乃求萬斯箱黍稷稻粱農夫之慶報以介福萬壽無疆

茨言其多也梁言其積也古之稅法近者納穟遠者

納粟禾稼既積乃求千倉以處之萬車以載之黍稷

稻粱言無所不有也

甫田四章章十句

大田刺幽王也

大田多稼既種既戒既備乃事以我覃耜俶載南畝播

厥百穀既庭且碩曾孫是若

稼種也覃利也俶始也載事也庭直也若順也田大

而種多故於今歲之冬具來歲之種戒來歲之事凡

既備矣然後事之取其利耜而始有事於南畝既耕
而播之也其耕之也勤而種之也時故其生者皆直而
大以順成王之所欲

既方既皁既堅既好不稂不莠去其螟螣及其蟊賊無
害我田穉田祖有神秉畀炎火

方孚而始房也皁實而未成也既堅則成矣既好則
美矣稂童梁也莠似苗者也食心曰螟食葉曰螣食
根曰蟊食節曰賊稺幼苗也仁人在上則虫蝗不作
民以為田祖授之火耳

有渰萋萋與雨祁祁雨我公田遂及我私彼有不穫稺

日藏詩經古寫本刻本彙編

此有不斂穧彼有遺秉此有滯穗伊寡婦之利

淨雲興貌也萋雲行貌也祁徐也時雨既降斯民

急其上先憂公田而後其私及其成也田有餘穀力

不能盡故以其餘為鰥寡之利穧舖而未束者也秉

把也

曾孫來止以其婦子饁彼南畝田畯至喜來方禋祀以

其騂黑與其黍稷以享以祀以介景福

成王之來視其穫也則遂禋祀四方以報其成功騂

黑南北之牲也蓋略言之耳

大田四章二章章八句二章章九句

瞻彼洛矣刺幽王也

瞻彼洛矣維水泱泱君子至止福祿如茨鞈齡有奭以

作六師

洛溱沮也泱泱深廣也茨蒺梨也鞈齡士之韠也蓋

染之以芧蒐槀赤貌也洛之水泱泱其無窮使洛愛

其水無所澤萬物於洛無加也而物失其利洛維不

愛其水故無損於洛而物蒙其益王者之有爵命猶

洛之有水也古之王者以其無窮惠天下之諸侯以

結其驪心故諸侯之除喪而未命也服其士服以朝

於王王遂命之使將六師焉傷今幽王愛其無窮以

失天下之諸侯也

瞻彼洛矣維水泱泱君子至止鞸琫有珌君子萬年保
其家室

鞸容刀也琫上飾珌下飾也此其所以錫諸侯也諸
侯有王者之命乃能安其室家

瞻彼洛矣維水泱泱君子至止福祿既同君子萬年保
其邦家

福祿既同言與諸侯共之也

瞻彼洛矣三章章六句

裳裳者華刺幽王也

日藏詩經古寫本刻本彙編

毛詩之序曰古之仕者世祿小人在位則讒諂並進
弃賢者之類絕功臣之世原其所以爲是說者不過
以詩之乘其四駱爲守其先人之祿位是以似之爲
嗣其先祖其說蓋勞苦而不明如此至於小人讒諂
則是詩之所無有是以知其爲曲說而不可信也
裳裳者華其葉湑兮我覯之子我心寫兮我心寫兮是
以有譽處兮
裳裳猶堂堂也湑盛貌也君子內脩其身充滿而發
於外人望見其容貌而知其君矣譬如堂堂之華而
附之以湑然之葉無有不善者也今幽王積其不義

其襞於外者儳然小人爾是以君子思見賢君以寫

其憂然後樂處其朝也

裳裳者華芸其黃矣我覯之子維其有章矣維其有章

矣是以有慶矣

黃色之正也芸黃之盛也有章有文也君子之有文

粲然如華之盛也

裳裳者華或黃或白我覯之子乘其四駱乘其四駱六

攣沃若

華之不黃也則亦白而巳君子之不處也則亦行而

巳處亦君子也行亦君子也故曰乘其四駱六攣沃

君言亦不失盛也傷今幽王之不善無所往而非不

義也

左之左之君子宜之右之右之君子有之維其有之是

以似之

君子左而宜其左右而有其右有者有諸中也中誠

有之則其發於容貌者睟然其似之矣

裳裳者華四章章六句

潁濱先生詩集傳卷第十二終

桑扈之什

桑扈刺幽王也

交交桑扈有鶯其羽君子樂胥受天之祜

鶯有文貌也胥辭也幽王直情而恣行無復禮文法

度故思古之君子樂循禮義以受天福夫苟樂之則

其為之也安安則如固有之譬如桑扈之羽鶯然有

文而不自知亦非其強之也

交交桑扈有鶯其領君子樂胥萬邦之屏

領頸也屏蔽也樂循禮義則足以屏萬邦矣

之屏之翰百辟爲憲不戢不難受福不那

翰翰也戢斂也那多也王者屏翰四方而爲諸侯法

苟不以禮自戢難而求肆情焉則亦不足以受多福

矣

兕觥其觩旨酒思柔彼交匪敖萬福來求

兕觥罰爵也旨酒之和柔而兕觥之設所以常自戢

難也

桑扈四章章四句

鴛鴦刺幽王也

鴛鴦于飛畢之羅之君子萬年福祿宜之鴛鴦在梁戢

其左翼君子萬年宜其遐福乘馬在廄摧之秣之君子
萬年福祿艾之乘馬在廄秣之摧之君子萬年福祿綏
之

鴛鴦匹鳥也方其止而取之則盡之矣故於其飛而
取之惟俟其飛而後取故其在梁者戢翼而安也馬
之在牧者無所用之則委之以摧其在廄者將用其
力則加之以秣言君子之於物將用其死則不忍絕
其類將用其力則不敢薄其養此天下所以願其萬
年而享福祿也摧莝通秣粟也艾老也言以福祿終
其身也

頍弁諸公刺幽王也

頍弁四章章四句

有頍者弁實維伊何爾酒既旨爾殽既嘉豈伊異人兄

弟匪他蔦與女蘿施于松柏未見君子憂心奕奕既見

君子庶幾說懌

頍弁貌也蔦寄生也女蘿兔絲也奕奕憂也彼所謂

弁者實何物哉徒以人加之首而貴之耳今王豈謂

我自貴而忽兄弟哉爾有旨酒嘉殽曷不與兄弟樂

之也兄弟之於王譬如蔦與女蘿之託松柏耳不見

則憂見則庶幾王樂之王奈何獨不顧哉

有頍者弁實維何期爾酒既旨爾殽既時豈伊異人兄

弟具來蔦與女蘿施于松上未見君子憂心恂恂既見

君子庶幾有臧

恂恂憂盛滿也

有頍者弁實維在首爾酒既旨爾殽既阜豈伊異人兄

弟甥舅如彼雨雪先集維霰死喪無日無幾相見樂酒

今夕君子維宴

雪將降而霰先之故不宴者誅滅之先也君子以是

知死之無日相見之無幾無所復賴而相告曰苟今

夕有酒也君子維以相宴而已不知其它矣知不可

得兔之辭也

苟溪先生詩集傳　卷十二

頍弁三章章十二句

車舝大夫刺幽王也

閒關車之舝兮思孌季女逝兮匪飢匪渇德音來括雖

無好友式燕且喜

閒關設舝也幽王嬖褒姒以亂政小人並進故君子

思具車以逆賢女雖飢渇而不顧庶幾內有賢妃德

音之士來會於朝雖無好友以事王姑以奉王燕喜

之樂猶愈於小人也

依彼平林有集維鷮辰彼碩女令德來教式燕且譽好

爾無射

依茂貌也鵻雉也辰時也林平而無嶮則雉集之王

者內無孽后其心樂易則令德之士將來教之因以

奉其燕樂好之終身而無厭

雖無旨酒式飲庶幾雖無嘉殽式食庶幾雖無德與女

式歌且舞

恐賢女之不可必得故曰雖無旨酒嘉殽姑飲食焉

可也雖無德以配王姑歌舞以樂之猶愈於褒姒之

在側也

陟彼高岡析其柞薪析其柞薪其葉湑兮鮮我觏爾我

心寫兮

鮮善也陟高岡而析柞薪為其葉之蔽也襄姒之蔽

王猶柞薪耳今誠去之使我獲見王焉則吾憂心庶

幾寫矣

慰我心

高山仰止景行行止四牡騑騑六轡如琴覯爾新昏以

慰我心

景太也襄姒之在王側君子無復得進者今誠去襄

姒使我見王如仰高山景行得行焉則吾將其四牡

調六轡以為王聘賢女而致之以慰我心然則則襄

姒茍在雖有賢女而莫敢逆也

車牽五章章六句

青蠅大夫刺幽王也

營營青蠅止于樊豈弟君子無信讒言
營營往來貌也青蠅能變亂白黑故以比讒人焉樊
藩也止之於藩欲其遠也

營營青蠅止于棘讒人罔極交亂四國營營青蠅止于
棘讒人罔極構我二人

榛棘皆所以爲藩也

青蠅三章章四句

賓之初筵衛武公刺時也

賓之初筵左右秩秩邊豆有楚殽核維旅酒既和旨飲

酒孔偕鍾鼓既設舉儔逸逸大侯既抗弓矢斯張射夫

既同獻爾發功發彼有的以祈爾爵

楚楚脩潔也殽豆實也核加邊桃梅之屬也旅陳也

偕齊也逸往來次序也大侯君侯也的質也先王

將祭必大射以擇士將射必先行燕禮既安賓然後

改縣以避射既旅然後張侯及弓比其射夫而耦之

既耦然後拾發求勝以爵其不勝

篇舞笙鼓樂既和奏烝祈烈祖以洽百禮百禮既至有

壬有林錫爾純嘏子孫其湛其湛曰樂各奏爾能賓載

手仇室人入又酌彼康爵以奏爾時

烝進也衎樂也洽合也百禮九州諸侯所獻以助祭

者所謂庭實旅百也壬任也謂臣之任事者卿大夫

是也林君也湛樂也載則也手取也仇敵也室人宗

室也又復也康安也此章言既射而祭既祭而燕於

寢於其祭也先作樂以求諸陽故秉籥而舞舞者與

笙鼓和應以進樂其祖考以合見其百禮其以禮至

者非其諸侯則其卿大夫也於是神則醉之以福使

其子孫無不湛樂者祭既畢歸賓客之徂而留兄弟

曰將燕樂於寢故祭樂皆入各奏其能以樂之其燕

也以異姓爲賓膳宰爲主人膳宰賓之敵也賓取其
敵以與宗室皆入於寢而又燕於是酌以安之而薦
之以時物
賓之初筵溫溫其恭其未醉止威儀反反曰既醉止威
儀幡幡舍其坐遷屢舞僊僊其未醉止威儀抑抑曰既
醉止威儀怭怭是曰既醉不知其秩
上二章言先王之正禮故此章言幽王之燕方其未
醉也其禮猶在爾及其既醉則不可知也反反顧禮
也幡幡輕數也抑抑慎密也怭怭媟嫚也
賓既醉止載號載呶亂我籩豆屢舞僛僛是曰既醉不

知其郵側弁之俄屢舞傞傞既醉而出並受其福醉而
不出是謂伐德飲酒孔嘉維其令儀
此章申言其亂而終誨之也儢儢不正也郵過也傞
傞不止也
凡此飲酒或醉或否既立之監或佐之史彼醉不臧不
醉反耻式勿從謂無俾大怠匪言勿言匪由勿語由醉
之言俾出童羖三爵不識矧敢多又
幽王與其下相尚以酒至有以不醉爲耻而强使醉
者故告之曰夫飲酒則必有醉者有否者爲醉之不
善也是以既爲之監復爲之史以伺察之而乃反以

不醉爲恥哉蓋亦勿從而謂之使皆醉而益怠焉可

也故告其醉者使慎其言語告其不醉者使勿從醉

之言殺未有童者也俾出童殺深戒之也苟人知所

所以自戒則雖三爵而有不敢者況又其多哉

賓之初筵五章章十四句

魚藻刺幽王也

魚在在藻有頒其首王在在鎬豈樂飲酒

魚何在亦在藻耳其所依者至薄也然其首頒然而

大自以爲安不知人得而取之也今王亦在鎬耳寡

恩無助天下將有圖之者而飲酒自樂恬於危亡之

禍亦如是魚也毛氏因在鎬之言故序此詩爲思武

王以在藻頌首爲魚得其性蓋不識魚之在藻之有

危意也

魚在在藻有莘其尾王在在鎬飲酒樂豈

莘長貌也

魚在在藻依于其蒲王在在鎬有那其居

那安也

魚藻三章章四句

采菽刺幽王也

采菽采菽筐之筥之君子來朝何錫予之雖無予之路

東洋先生詩論集作 卷十三

車乘馬又何予之玄袞及黼

采菽以為藿物至微而用至薄矣然猶設筐筥以待
之而況諸侯乎故先王於其來也錫之以車馬重之
以衣服不敢忽也玄袞龍也黼白黑雜也

鹹沸檻泉言采其芹君子來朝言觀其旂其旂淠淠鸞

聲嘒嘒載驂載駟君子所屆

鹹沸泉始列也檻泉正出迎鹹沸之清泉吾將采其

芹君子之來朝吾將觀其旂徒視其旂之淠淠而徐

也其鸞之嘒嘒而和也吾以是知其有禮矣是以駕

而往迎之於其所至言無所不禮也駕者既服而三

之曰駼四之曰駽

赤芾在股邪幅在下彼交匪紓天子所予樂只君子天

子命之樂只君子福祿申之

赤芾蔽膝也邪幅偪也所以自偪束也紓緩也君子

之所以自救而交於人者如此則天子從而予之矣

是以錫之命而申之以福祿

維柞之枝其葉蓬蓬樂只君子殿天子之邦樂只君子

萬福攸同平平左右亦是率從

殿鎮也平平辯治也從由也柞之枝其葉尚無不蓬

蓬者而況於天子殿邦之諸侯而可以無福祿乎諸

侯而有福祿然後能辯治以左右王室矣故曰亦是

率從

汎汎楊舟紼纚維之樂只君子天子葵之樂只君子福

祿脄之優哉游哉亦是戾矣

紼緌也纚緌葵揆也脄厚也楊舟汎汎而無所定

紼纚可以維而止之天下之諸侯撫之則懷弃之則

去亦如舟之無定耳古之明王揆其所欲而厚之以

福祿則無不至者今幽王安於佚樂而忽遺之則是

亦戾王而已無復懷者矣

采菽五章章八句

角弓父兄刺幽王也

騂騂角弓翩其反矣兄弟婚姻無胥遠矣

弓之張也騂騂其調利挽之而體節皆應及其弛也

翩然而反節自為處其勢無以相及譬之如兄弟婚

姻親之則合而疏之則離是以告之使無相遠也

爾之遠矣民胥然矣爾之教矣民胥傚矣

上之所為下必有甚者故此詩言幽王之世王族怨

望相病亦無有善者

此令兄弟綽綽有裕不令兄弟交相為癒

綽綽寬也裕饒也癒病也

民之無艮相怨一方受爵不讓至于巳斯亡

民之相怨也以一方而巳未嘗以自反也受爵而不

讓者知尤之矣而至於巳則忘其非此所謂一方也

老馬反爲駒不顧其後如食宜饇如酌孔取

饇飽也孔空也老馬必懲其駒必强老馬不自謂老

而任駒之任後將不勝而不顧譬如小人而任賢者

之事不畏其後之不克也故告之曰譬如食者必以

其宜爲飽之節譬如酌者必以其空爲取之節食而

不以其腹之所宜止則病酌而不以其空之所容止

則溢受爵而不以其量者亦猶是也

母教猱升木如塗附君子有徽猶小人與屬

猱猨屬也附木桴也猱之升木不教而能矣塗之塗
附不力而堅矣王族之屬王不强而親矣特患徽猶
之不立無以來之耳

雨雪瀌瀌見晛曰消莫肯下遺式居婁驕

晛日氣也遺予也雨雪之瀌瀌盛也見日而消矣王
族之相怨毒王苟有意綏之亦釋然解矣今王曾莫
予之居於其上而屢驕焉而何以化彼哉

雨雪浮浮見晛曰流如蠻如髦我是用憂

蠻南蠻也髦西夷也言王之視王族如蠻髦之不相

及也

菀柳刺幽王也

角弓八章章四句

有菀者柳不尚息焉上帝甚蹈無自暱焉俾予靖之後
予極焉

菀茂也蹈動也暱近也靖治也極誅也君子之願庇
於王譬如行道之人無不庶幾息於茂柳者徒以幽
王暴虐神所不予天意動矣故相戒以無自暱近今
雖使我為治後將誅我不可知也

有菀者柳不尚愒焉上帝甚蹈無自瘵焉俾予靖之後

予邁焉

憩息也瘵病也邁行則放也

有鳥高飛亦傳于天彼人之心于何其臻曷予靖之居

以凶矜

鳥之高飛亦傳于天則止今王之心不知其所至曾

飛鳥之不若也局爲使我治之而居我以凶危之地

哉矜危也

菀柳三章章六句

潁濱先生詩集傳卷第十二終

日藏詩經古寫本刻本彙編

潁濱先生詩集傳卷第十四

　小雅

都人士之什

都人士周人刺衣服無常也

彼都人士狐裘黃黃其容不改出言有章行歸于周萬

民所望

都美也都人士之有美人之行者也周忠信也

彼都人士臺笠緇撮彼君子女調直如髮我不見兮我

心不說

臺夫須也其皮可以爲笠緇撮緇布冠也君子女女

之有君子之行者也髮之爲物疏密如一而本末無

異有常之至也

彼都人士充耳琇實彼君子女謂之尹吉我不見兮我

心苑結

充耳琇美石也實塞也吉姞也春秋傳曰姞吉

人也尹氏姞氏周室昏姻之舊姓也人之見是女者

皆以爲尹姞之女言其知禮也死積也

彼都人士垂帶而厲彼君子女卷髮如蠆我不見兮言

從之邁

厲帶之垂者也蠆螫蟲也其尾上卷

匪伊垂之帶則有餘匪伊卷之髮則有旟我不見兮云

何旴矣

旟揚也旴病也帶由其自餘而垂之髮由其自揚而

卷之言古之爲容者亦從其自然而非强之也

都人士五章章六句

采綠刺怨曠也

終朝采綠不盈一匊予髮曲局薄言歸沐

綠王芻也局卷也王芻易得之菜終朝采之而不盈

匊意不在所采也婦人夫不在無容飾故曰予髮曲

局矣庶幾君子之歸而沐之言其知怨思而已不知

義也

終朝采藍不盈一襜五日爲期六日不詹

藍染草也衣之前蔽曰襜詹至也五日爲期六日不

至而怨之言非所當怨也

之子于狩言韔其弓之子于釣言綸之繩

綸繳也田漁君子之所有事而婦人不與也今也

狩則欲爲之韔弓釣則欲爲之綸繩言無節也

其釣維何維魴及鱮維魴及鱮薄言觀者

此章言其悅之無已故詠歌其釣之所獲於其獲也

又將從而觀之

采綠四章章四句

黍苗刺幽王也

芃芃黍苗陰雨膏之悠悠南行召伯勞之

宣王國申伯于謝使召公往營之召公之勞行者猶

陰雨之膏黍苗哀今不能而思之也

我任我輦我車我牛我行既集蓋云歸哉

召公之營謝民有負任者有輦輦者有將車者有牽

傍牛者凡行者皆集於謝則召公告之以歸矣言不

久役也

我徒我御我師我旅我行既集蓋云歸處

五百人爲旅五旅爲師春秋傳曰君行師從卿行旅

從天子之卿視諸侯

蕭蕭謝功召伯營之烈烈征師召伯成之原隰既平泉

流既清召伯有成王心則寧

土治曰平水治曰清

黍苗五章章四句

隰桑刺幽王也

隰桑有阿其葉有難既見君子其樂如何

君子之在下譬如桑之生於隰其長阿然其盛難然

見者無不悅之故曰既見君子其樂如何

隰桑有阿其葉有沃既見君子云何不樂

沃柔也

隰桑有阿其葉有幽旣見君子德音孔膠

幽黑色也膠固也

心乎愛矣遐不謂矣中心藏之何日忘之

苟吾心誠愛之君子豈遠我而不告哉苟吾心誠藏

之何日而忘之哉吾之所以忘之心不藏也君子之

所以不告吾不愛也

隰桑四章章四句

白華周人刺幽后也

幽后裹姒也

白華菅兮白茅束兮之子之遠俾我獨兮

白華野菅也已漚則爲菅取白華而漚之又束以白

茅焉言表裏無不潔也今申后之脩如此幽王遠之

而近褒姒使獨居焉何哉

英英白雲露彼菅茅天步艱難之子不猶

天步王者之所履也猶圖也菅茅之爲潔也至矣其

生也白雲露之其所受以爲質可知也已有人如此

而王獨棄之曾不圖天步之艱難非此人莫與共之

也

滮池北流浸彼稻田嘯歌傷懷念彼碩人

瀄流貌也豐鎬之間其水北流水之性未有不流於
東南者也水流於東南則其所及者遠逆流而北則
其所能浸者稻田而已不及遠矣王者推其親親之
恩自王后始其下將無不蒙澤者今反其常而愛襄
姒故恩止於一人而下無所賴矣是以君子庸歌傷
懷而念碩人碩人申后也
樵彼桑薪卬烘于煁維彼碩人實勞我心
桑薪桑之善者也卬我也烘燎也煁烓竈所以炤也
薪之善者當以為爨而反以為炤譬如申后之賢不
獲偶王而弃於外也

鼓鐘于宮聲聞于外念子懆懆視我邁邁

鼓鐘于宮外未有不聞者幽王內有嫡庶之亂而求

外之不聞難矣君子之念王懆懆其憂而王視之邁

邁其不顧言無悛心也

有鶖在梁有鶴在林維彼碩人實勞我心

鶖禿鶖也鶖鶴皆以魚鷟食然鶴之於鶖清濁則有

間矣今鶖在梁而鶴在林鶖則飽而鶴則饑矣幽王

進襃姒而黜申后譬之如養鶖而弃鶴也

鴛鴦在梁戢其左翼之子無良二三其德

鳥之雄者右掩左其雌左掩右言陰陽之相下物無

不然王曾是之不若也

有扁斯石履之卑兮之子之遠俾我疧兮

扁甲貌也疧病也石之施於履者乘石也石之扁然

下者可施於履之卑而不可施於貴譬如人之賤者

可以為妾而不可以為后言物各有所施之不可改

也

白華八章章四句

緜蠻微臣刺亂也

緜蠻黃鳥止于丘阿道之云遠我勞如何飲之食之教

之誨之命彼後車謂之載之

縣蠻小鳥貌也黃鳥之止於丘飛行飲食無不託焉

而丘未嘗有厭微臣附於公卿出使於外奈何曾不

飲食教載之哉

縣蠻黃鳥止于丘隅豈敢憚行畏不能趨飲之食之教

之誨彼後車謂之載之縣蠻黃鳥止于丘側豈敢

憚行畏不能極飲之食之教之誨彼後車謂之載

之

極至也

縣蠻三章章八句

瓠葉大夫刺幽王也

幡幡瓠葉采之亨之君子有酒酌言嘗之

古之君子不以菲薄廢禮雖瓠葉之微猶將采而烹
之以爲飲酒之菹傷今幽王雖有牲牢饔飧而不肯
用也

有兔斯首炮之燔之君子有酒酌言獻之

有兔斯首言一兔也獻主人酌賓也

有兔斯首燔之炙之君子有酒酌言酢之

酢賓酌主人也

有兔斯首燔之炮之君子有酒酌言醻之

醻主人旣卒酢爵復酌賓也

瓠葉四章章四句

漸漸之石下國刺幽王也

漸漸之石維其高矣山川悠遠維其勞矣武人東征不

皇朝矣

漸漸高峻也幽王之亂下國背叛王將以力征服之

而不得故告之曰漸漸之石而欲以力平之乎五見

其高而巳不可平也山川之悠遠而欲以行盡之乎

吾見其勞而巳不可盡也今諸侯背叛而欲以武人

征之吾亦見其益亂而巳不暇使之朝也孔子曰遠

人不服則脩文德以來之遠人可以德懷而不可以

力勝武人非所以來之也

漸漸之石維其卒矣山川悠遠曷其没矣武人東征不

皇出矣

卒崔嵬也没盡也出出之於亂也

有豕白蹢烝涉波矣月離于畢俾滂沱矣武人東征不

皇它矣

蹢蹄也豕四蹢白曰駭白蹢豕之尤躁疾者也烝進

也畢噣也豕之性好水而畢之性好雨豕馴則居陸

駭則涉水故豕之進而涉波人之過也畢得月則雨

月不至則否故畢之至於滂沱月之過也譬之諸侯

好亂而王又以武臨之是以懼而深謀阻兵以自救

勢之相激其亂遂連而不解故曰武人東征不遑他

矣夫使武人征之而尚何暇及其他哉蓋亦知誅之

而巳此亂之所以益甚也

漸漸之石三章章六句

苕之華大夫閔時也

苕之華芸其黃矣心之憂矣維其傷矣

苕陵苕也其華紫赤而繁將落則黃言周室之衰如

是華也

苕之華其葉青青知我如此不如無生

言華已盡矣徒見其葉耳

牂羊墳首三星在罶人可以食鮮可以飽

牂牝羊也墳大也罶曲梁也曲梁寡婦之笱也牂

羊墳首言無是道也三星在罶言不能久也人可以

食鮮可以飽言無暇及飽也

苕之華三章章四句

何草不黃下國刺幽王也

何草不黃何日不行何人不將經營四方

歲暮草黃矣而行者不息言久役也

何草不玄何人不矜哀我征夫獨爲匪民

草黃極則玄又役而弃其室家曰矜

匪兕匪虎率彼曠野哀我征夫朝夕不暇有芃者狐率

彼幽草有棧之車行彼周道

芃小貌也棧車役車也車之行道如狐之循草無有

止期也

何草不黃四章章四句

潁濱先生詩集傳卷第十四終

潁濱先生詩集傳卷第十五

文王之什　　大雅

文王文王受命作周也

文王在位五十年其始也三分天下有其二以服

商其政行於西南而不及於東北其後虞芮質成於

周文王伐黎而戡之東北咸集詩曰商之孫子其麗

不億上帝既命侯于周服文王於是受命稱王九年

而崩書曰誕膺天命維九年大統未集此所謂受命

作周也然學者或言武王克商而稱王文王之世紂

猶在上則王號無所施之于以為不然文王之治西

一二

南諸侯之大者也故猶可以事人及其行於四方則
天子之事也雖欲復爲諸侯而不可得矣是以卽其
實而稱王紂雖未服而天下去之其所以爲王之實
亦亡矣故文王紂之得此名也以其有此實也紂之失
此名也以其無此實也空名雖存而衆不予其存無
損於周之稱王而其亡不爲盆矣是以文王之世置
而不問至於武王紂曰長惡不悛於是與諸侯觀政
於商以爲紂將改斂則固將釋之釋之非復以周事
之矣存之而已若其不改則將代之伐之非以成周
之王也爲不忍民之久於塗炭而已不然豈文王獨

能事紂而武王不能哉從世俗之說必將有一人受

其非者此不可不辯也

文王在上於昭于天周雖舊邦其命維新有周不顯帝

命不時文王陟降在帝左右

文王之在民上其德上昭于天蓋周之有國數百千

歲也至是始受命以有天下君子曰周之德豈不顯

而帝命豈不是哉文王行事常若升降在帝左右者

蓋聖人先天而天弗違後天而奉天時與天如一故

也詩於天人之際多以陟降言之

亹亹文王令聞不已陳錫哉周侯文王孫子文王孫子

本支百世凡周之士不顯亦世

亹亹勉也哉載也侯維也文王維不專利而布陳之

以與人人思載之是以立於天下者未有非其子孫

也文王之子孫適爲天子而庶爲諸侯其祚無不百

世者是何故也凡周之士雖其不顯者猶莫不世而

況其顯者乎士猶且獲世而況文王之子孫乎此所

謂陳錫載周也屬王之世榮夷公以專利爲卿士芮

良夫諫曰夫利百物之所生而天地之所載也而或

專之其害多矣大雅曰陳錫載周是不布利而懼難

乎故能載周以至于今此之謂也

世之不顯厥猶翼翼思皇多士生此王國王國克生維

周之楨濟濟多士文王以寧

皇大也楨幹也士之不顯者猶且翼翼不忘敬也而

況其顯者乎言士未有不可用者也是以文王思大

獲多士以為周之幹言無所不容也無所不容此文

王之所以安也

穆穆文王於緝熙敬止服哉天命有商孫子商之孫子

其麗不億上帝既命侯于周服

穆穆美也緝和也熙光也服大也麗數也不億不徒

億也天命文王使有商之子孫商之子孫眾矣而維

服于周言其德無所不懷雖商人亦無有與之較者

也

侯服于周天命靡常殷士膚敏祼將于京厥作祼將常

服黼哻王之盍臣無念爾祖

膚美也敏疾也祼灌鬯也將行也京周京也哻殷冠

也夏曰收周曰冕盍進也殷人之來助祭於周者尚

皆服其臣周也新矣然而文王無不受者言其

德廣大無所忌間也故於以告成王曰王之進臣可

無念爾祖哉

無念爾祖聿脩厥德永言配命自求多福殷之未喪師

克配上帝宜鑒于殷駿命不易

聿述也配順也駿大也旣告之使脩文王之德順天

命以求多福則又告之以殷之未失衆也其君皆能

配天及其末世維遠天以敗故曰宜鑒于殷駿命不

易言天命之難保也

命之不易無過爾躬宣昭義問有虞殷自天上天之載

無聲無臭儀刑文王萬邦作孚

過絕也義善也有又通虞度也知命之不易故告之

使無自過絕於天布明善問度商之所以興廢以順

天命蓋天之所欲載者非有聲音臭味可推而知也

惟儀刑文王則萬邦信之萬邦信之則天載之矣

文王七章章八句

大明文王有明德故天復命武王也

明明在下赫赫在上天難忱斯不易維王天位殷適使

不挾四方

人君之德其見於下者甚明其發於上者甚著故天

意之去就難信也世之所謂不可易者天子也今紂

居天位而又殷之適然以其不義故使其政令不浹

於四方天之難信也如是

摯仲氏任自彼殷商來嫁于周曰嬪于京乃及王季維

德之行

摯國任姓之中女自商之畿內而歸於王季行婦道

於周京言文王之賢其所從來者遠自其父母而巳

然矣

大任有身生此文王維此文王小心翼翼昭事上帝聿

懷多福厥德不回以受方國

大任仲任也懷來也方國四方來附之國也

天監在下有命既集文王初載天作之合在洽之陽在

渭之涘

載成也天旣集大命于周於文王之始成人也則爲

作配於洽渭之間洽渭之間太姒父母國在焉馮翊

洽陽是也

文王嘉止大邦有子大邦有子倪天之妹文定厥祥親

迎于渭造舟爲梁不顯其光

倪譬也文禮也昏禮既問名則卜之卜而吉則納幣

以定之造舟爲梁浮梁也

有命自天命此文王于周于京纘女維莘長子維行篤

生武王保右命爾燮伐大商

天既命文王于周京則以有莘之長女大姒適之以

纘大任之業其德積厚遂生武王天復保佑而命之

使燮和伐商之事

殷商之旅其會如林矢于牧野維予侯興與上帝臨女無

貳爾心

矢陳也牧野商郊也紂陳其眾以拒武王然其眾維

武王是為無不欲武王興者曰上帝臨女矢無貳不

克紂也

牧野洋洋檀車煌煌駟騵彭彭維師尚父時維鷹揚涼

彼武王肆伐大商會朝清明

駟馬白腹曰騵師尚父太公望也涼佐也肆縱也春

秋傳曰使勇而無剛者肆之會於清明之朝而克紂

蓋書所謂甲子昧爽也

大明八章四章章六句四章八句

縣丈王之與本由大王也

縣縣瓜瓞民之初生自土沮漆古公亶父陶復陶穴未

有家室

縣縣不絕貌也瓜瓞瓜近本之實也瓜之近本者常

小於其故土居也沮漆豳之二水也齊詩土作杜漢

扶風有杜陽杜水南入渭言國於杜與沮漆之間也

古公亶父大王也復復於土上也穴鑿地也其狀皆

如陶然周自不窋奔於戎狄後世國於漆沮之上子

孫衰替如瓜之瓞歲以益小至於大王其始翦處於

復穴無室家之盛及遷於岐周而後大興焉

古公亶父來朝走馬率西水滸至于岐下爰及姜女聿

來胥宇

大王居幽狄人侵之事之以皮幣犬馬而不獲免乃

屬其耆老而告之曰狄人之所欲者吾土地也吾聞

之君子不以其所以養人者害人二三子何患無君

去之踰梁山邑平岐山之下幽人之從者如歸市朝

早也朝發於幽循水而至岐下及其妃大姜皆來相

宅言其妃亦賢人也

周原膴膴堇荼如飴爰始爰謀爰契我龜曰止曰時築

室于兹

膴膴美也堇蓳也荼苦也契刻也卜者必刻龜而灼

之時是也

迺慰迺止迺左迺右迺疆迺理迺宣迺畝自西徂東周

爰執事

慰安也左右東西列之也疆畫經界也理分土宜也

宣道溝洫也畝度廣狹也自西徂東民之來自幽者

也爰於也

乃召司空乃召司徒俾立室家其繩則直縮版以載作

廟翼翼

司空掌營國邑司徒掌徒役之事繩宮室之所取直
也縮束也載上下相承也始建國者宗廟爲先廐庫
爲次居室爲後

捄之陝陝度之薨薨築之登登削屢馮馮百堵皆興鼜
鼓弗勝

捄盛土也陝陝眾也度投也薨薨聲也登登用力也削
屢重復削治也薨大鼓也築墻者捊聚壤土盛之以
萬投諸版中而築之既成而削之其聲馮馮然堅也
五版爲堵擊蘽鼓以止眾而不能止言勸事也

迺立皋門皋門有伉迺立應門應門將將迺立冢土戎

醜攸行

諸侯之宮外門曰皋門曰朝門曰應門寢門曰路門

天子加之以庫雉冢土大社也戎大也醜眾也起大

眾必先有事于社而後出謂之宜

肆不殄厥慍亦不隕厥問柞棫拔矣行道兌矣混夷駾

矣維其喙矣

殄絕也慍怒也隕墜也問聘問也柞櫟也棫白桵也

駾突也喙喘也古公之徙於岐周其心豈忘混夷之

怨哉徒以國家未定八民未集故不敢失聘問之禮

姑與之為無憾而及其閒暇以脩其政令戛吾所植
柞棫拔而遂茂行道兌而成蹊凡所以為國者旣已
繕完則夫混夷將不較而自服荀猶欲奔突我者則
維以自困而已不能害我矣

虞芮質厥成文王蹶厥生予曰有疏附予曰有先後予
曰有奔奏予曰有禦侮

大王肇基王迹至於文王其始猶國於岐山之下其
地甚狹故孟子言文王方百里起其後旣克密須而
國於岐渭之間旣克崇然後涉渭作都於豐豐在京
兆長安而崇在鄠其地旣廣其所服從之國亦眾三

分天下而有其二然其政猶行於西南而已未能及
於東北其後虞芮之君相與爭田久而不平乃皆朝
周而質焉入其境耕者讓畔行者讓路入其邑男女
異路班白不提挈入其朝士讓爲大夫大夫讓爲卿
二國之君愧焉乃以其所爭爲間田而去虞芮在陝之
平陸芮在同之馮翊平陸有間原焉則虞芮之所讓
也虞芮之訟既平其傍聞之相帥而歸周者四十餘
國東北既集文王於是受命稱王質正也成獄成也
蹶動也虞芮欲質其成而文王有以動之使其禮義
廉恥之心油然而生君子曰文王之所以能至於此

者何哉予以爲其臣無所不具其臣無所不具者文

王之盛德也率下親上曰疏附相道前後曰先後諭

德宣譽曰奔奏武臣折衝曰禦侮

緜九章章六句

棫樸文王能官人也

芃芃棫樸薪之槱之濟濟辟王左右趣之

芃芃盛貌也棫小木也樸枹生也棫積也小木而枹

生以爲無所用之材矣然猶可以爲薪而積之而況

其大者乎文王之官人小大無所遺弃亦猶是也故

其在朝也其左右翼然趣之言官備也

濟濟辟王左右奉璋奉璋峨峨髦士攸宜

半圭曰璋諸臣所奉也峨峨盛壯也髦俊也文王之
朝奉璋者皆士之俊也

淠彼涇舟烝徒楫之周王于邁六師及之

淠舟行貌也烝眾也能浮而載物者舟也故舟載而
已不復事行也使眾人楫之而行淠然矣能得人而
官之者文王也故文王官人而已不復為也六師與
之而其所至者遠矣

倬彼雲漢為章于天周王壽考退不作人

天之蒼蒼豈自有章哉則亦有雲漢以為之章耳文

王老矣無所復爲矣然豈不能遠作人使爲我章哉

遐遠也不親之謂遠鼓之舞之謂作

追琢其章金玉其相勉勉我王綱紀四方

追亦琢也相質也文王用人而不爲徒脩其身以御

之故外則追琢其章內則金玉其相以爲之綱紀而

已綱所以張也紀所以理也綱之紀之而綱乃可取

然綱紀不自取也

棫樸五章章四句

旱麓受祖也

瞻彼旱麓榛楛濟濟豈弟君子干祿豈弟

旱山名也麓山足也榛栗屬也楛荊屬也濟濟衆多

也山作雲雨以澤萬物而麓之草木亦被焉譬之如

周之先祖其所以利人者廣故其子孫亦受其福以

樂易求福其報未有不樂易者也

瑟彼玉瓚黃流在中豈弟君子福祿攸降

瑟鮮絜貌也玉瓚宗廟所用灌也黃流秬鬯也言其

祭也維得樂易君子以奉之而神降之以福祿矣

鳶飛戾天魚躍于淵豈弟君子遐不作人

道在我而物無不咸得其性鳶以之飛於上魚以之

躍於下而況於人乎或曰天之高也以鳶不可及矣

然鳶則至焉淵之深也以鳶不可入矣然魚則躍焉

夫鳶魚之能至此也必有道矣豈可以我之不能不

信哉君子推其誠心以御萬物雖幽明上下無不能

格小人不能知而或疑之何以異不信鳶魚之能飛

躍哉記曰君子之道費而隱夫婦之愚可以與知焉

及其至也雖聖人亦有所不知焉夫婦之不肖可以

能行焉及其至也雖聖人亦有所不能焉天地之大也

人猶有所憾故君子語大天下莫能載焉語小天下

莫能破焉詩云鳶飛戾天魚躍于淵言其上下察也

清酒既載騂牡既備以享以祀以介景福

載載於器也

瑟彼柞棫民所燎矣豈弟君子神所勞矣

燎謂爇燎所以除草也柞棫茂密則民斯燎之矣君

子樂易則神斯勞之矣皆不求而可以自得之謂也

莫莫葛藟施于條枚豈弟君子求福不回

莫莫盛貌也君子之託於民上如葛藟之施于條枚

非以巧得之蓋民之所樂奉耳

旱麓六章章四句

思齊文王所以聖也

思齊大任文王之母思媚周姜京室之婦大姒嗣徽音

則百斯男

媚愛也京室周室也能以禮齊其家者文王之母大
任也能以德媚其國者周室之婦太姜也大王始遷
於周故太姜稱周室之婦周家比世皆有賢妃而大
姒又能繼其德音無妒忌之行以母百男此文王所
以能全其聖也

惠于宗公神周時怨神周時恫刑于寡妻至于兄弟以
御于家邦

惠順也宗尊也恫痛也寡妻猶言寡小君也文王上
順其先公推其心以事天地百神而無有怨痛下治

其室家推其道以御宗族邦國而無有不順言文王

之治遠自其近者始而皆一道也

雝雝在宮肅肅在廟不顯亦臨無射亦保肆戎疾不殄

烈假不瑕

雝雝和也肅肅敬也顯揚也戎假皆大也烈業也瑕

遠也文王之在宮也雝雝其和其在廟也肅肅其敬

雖士之不揚陋於威儀者莫不臨省之士之無射短

於技藝者莫不保任之言文王之用人不求備使士

皆獲盡其力故其戎疾無有不殄而大業無有不瑕

者也

不聞亦式不諫亦入肆成人有德小子有造古之人無

斁譽髦斯士

式用也內無所聞知而外不能以告人此士之不學
者也然猶獲入而用之故士皆勉於進雜然競作於
下成人者有德小子有造古之人亦不自厭弃也然
後文王因其譽以取其俊而用之是以下無弃人也
古之人猶言昔之人也書曰昔之人無聞知謂老者
也

思齊四章章六句

皇矣美周也

皇矣上帝臨下有赫監觀四方求民之莫維此二國其
政不獲維彼四國爰究爰度上帝耆之憎其式廓乃眷
西顧此維與宅

皇大也莫定也二國夏商也四國四方之國也耆老
也廓大也帝觀四方求民之所歸定夏商之政不獲
天心天乃究度四方將擇其可者與之然猶須假而
養之至其老而不變憎其惡之濅大乃眷然西顧見
周德之可依而與居焉言天非私周也

作之屏之其菑其翳脩之平之其灌其栵啟之辟之其
檉其椐攘之剔之其檿其柘帝遷明德串夷載路天立

來配受命既固

木立死曰菑自斃曰翳灌叢生也椒梓也檉河柳也

枏檟也厯山桑也串習也夷平也大王之徙於岐周

也伐山刊木而居之帝依其明德而遷焉四方之民

習其道路夷其險阻而歸之來者載路而不絕盡天

之祐之也父矣自立其賢妃大姜以配之而其受命

既固矣

帝省其山柞棫斯拔松柏斯兌帝作邦作對自大伯王

季維此王季因心則友則友其兄則篤其慶載錫之光

受祿無喪奄有四方

兑易直也對配也人君國之配也大王居周而天祐
之至於草木無不省視之者既立之國又與之以賢
君故大伯以王季之兄而讓於王季王季因其心而
友之厚周之慶而光施於大伯以至于子孫覆有天
下
維此王季帝度其心貊其德音其德克明克明克類克
長克君王此大邦克順克比比于文王其德靡悔既受
帝祉施于孫子
春秋傳曰心能制義曰度德正應和曰貊照臨四方
曰明勤施無私曰類教誨不倦曰長賞慶刑威曰君

慈和徧服曰順擇善而從曰比凡王季之行雖文王
之聖從後視之而無所悔是以其福能施於子孫也
帝謂文王無然畔援無然歆羨誕先登于岸密人不恭
敢拒大邦侵阮徂共王赫斯怒爰整其旅以按徂旅以
篤于周祜以對于天下
畔援猶偃蹇也帝謂文王無爲偃蹇不進已至而不
取亦無歆慕好先未至而欲得是二者皆將失之何
也退者將以要致之進者將以先取之要之者不知
事之已至而先之者不知事之未及故莫若安以俟
之也夫惟安以俟之故未及而不求已至而不疑譬

如相與皆涉裒必我先登于岸易曰介如石不終日

故文王之於密也赫然征之而無留焉由此道也密

密須也姑姓之國在安定陰密阮共周之二邑也祖

往也按止也旅師也對荅也代密所以荅天下之望

周也

依其在京侵自阮疆陟我高岡無矢我陵我陵我阿無

飲我泉我泉我池度其鮮原居岐之陽在渭之將萬邦

之方下民之王

京大阜也矢陳也鮮善也將側也方嚮也密人之兵

依山而侵阮陟其岡而居焉文王之人見者莫不怒

之曰安得陳於我陵而飲於我泉哉此皆我有也於

是拒之入阮而止不及共矣此所謂以按徂旅也文

王既克密須於是相其高原而徙都焉所謂程邑是

歟或曰漢扶風安陵周之程邑也及其克崇則徙居

於豐

帝謂文王予懷明德不大聲以色不長夏以革不識不

知順帝之則帝謂文王詢爾仇方同爾兄弟以爾鉤援

與爾臨衝以伐崇墉

大聲以色外爲之而內無有也長夏以革爲之於窮

約而忘之於盛大也文王之德不以識識不以智知

漠然無心而與天為徒故無內外之異無窮達之變

此天之所以歸之也於是命之克崇自是以有天下

焉凡言帝謂文王以意推天也伉怨也鈎援鈎梯也

臨衝臨車衝車也

臨衝閑閑崇墉言言執訊連連攸馘安安是類是禡是

致是附四方以無侮臨衝茀茀崇墉仡仡是伐是肆是

絕是忽四方以無拂

閑閑荓動搖也言言仡仡崩阤也訊問也馘獲也

連連安安徐也天子將出征類于上帝宜于社造于

禰禡于所征之地致者致其社稷羣神也附者附其

先祖爲之立後也肆縱也忽滅也

皇矣八章章十二句

靈臺民始附也

經始靈臺經之營之庶民攻之不日成之

文王克崇而都豐豐鎬之間民始附之於是作靈臺

焉靈之言善也孟子曰文王以民力爲臺爲沼而民

歡樂之謂其臺曰靈臺謂其沼曰靈沼經度之也營

表之也攻作也

經始勿亟庶民子來王在靈囿麀鹿攸伏

言不擾也

麀鹿濯濯白鳥翯翯王在靈沼於牣魚躍

濯濯娛游也翯翯肥澤也牣克也文王之圃雖麀鹿

魚籄無不得其所者

虡業維樅賁鼓維鏞於論鼓鍾於樂辟廱

植者曰虡橫者曰栒栒上之�曰業業上之刻曰崇

牙樅峻峙也賁大鼓也鏞大鍾也論講也因民之樂

而講求鍾鼓之度以作辟廱之樂也莊子曰文王有

辟廱之樂

於論鼓鍾於樂辟廱鼉鼓逢逢矇瞍奏公

鼉魚屬也逢逢和也矇瞍瞽也公事也

下武繼文也

下武維周世有哲王三后在天王配于京

武迹也先王既沒而其迹在下不絕者維周然耳三

后大王王季文王也王武王也京鎬京也

王配于京世德作求永言配命成王之孚

作起也起而求其先世之德以繼之也孚信也三后

之世王迹既兆其孚見矣及武王配天之命而後成

也

成王之孚下土之式永言孝思孝思維則媚兹一人應

侯順德永言孝思昭哉嗣服

侯維也服事也武王既成王業天下咸法則之其所

法者其孝也故人思所以媚之者維順其德以應之

然則武王之孝能嗣其先王之事者豈不明哉

昭茲來許繩其祖武於萬斯年受天之祜

昭明也許所也繩約也武王昭其孝於來世使約其

祖武而行故能久荷天祿而不替也

受天之祜四方來賀於萬斯年不退有佐

四方皆來賀之不遠有佐之者乎

下武六章章四句

文王有聲繼伐也

繼文者言繼其文德繼伐者又兼言其武功也

文王有聲遹駿有聲遹求厥寧遹觀厥成文王烝哉

遹述也駿大也烝君也文王之所以有聲者能述大
其先人之聲耳凡求其所以安觀其所以成無非述
之者此文王之所以為君也

文王受命有此武功既伐于崇作邑于豐文王烝哉

城伊淢作豐伊匹棘其欲遹追來孝王后烝哉

匹偶也來勤也方十里曰成成間有淢廣深八尺文
王城豐大小適與成偶非以急成其欲乃以述追其

先君之勤孝而巳自其克崇作豐而王業成故以王

后名之

王公伊濯維豐之垣四方攸同王后維翰王后烝哉

文王君臣相與洗濯脩絜其政故天下莫敢侮此則

豐之垣也四方諸侯相率而歸周無有不順此則文

王之翰也

豐水東注維禹之績四方攸同皇王維辟皇王烝哉

豐水入渭東注于河豐水之所以東注者禹之功也

四方之所以歸周者武王維君也皇大也武王之於

文王則王業益大矣八故稱皇王焉

鎬京辟廱自西自東自南自北無思不服皇王烝哉

鎬京武王之所都在長安鎬水之上辟廱天子之學也舉其大則自鎬京舉其小則自辟廱其外無不服者

考卜維王宅是鎬京爲龜正之武王成之武王烝哉

考稽也

豐水有芑武王豈不仕詒厥孫謀以燕翼子武王烝哉

芑草也仕事也燕安也翼敬也水之於物無所事矣然猶以其澤生芑而況於武王未嘗不事哉故遺其子孫之謀以安後世之敬者此詩言文王者先曰文

王後曰王后其言武王者先曰皇王後曰武王蓋文
王老而稱王武王即位而稱王故也文武則其正號

矣

文王有聲八章章五句

潁濱先生詩集傳卷第十五終

大雅

生民之什

生民尊祖也

周公制禮推尊后稷以配天故爲此詩言其所以尊
之

厥初生民時維姜嫄生民如何克禋克祀以弗無子履
帝武敏歆攸介攸止載震載夙載生載育時維后稷
誕敬也弗祓也武述也敏拇也介覺也震娠也夙肅
也后稷之母姜氏之女曰嫄爲帝嚳元妃稷之生也
姜嫄禋祀郊禖以祓去無子之疾見大人迹焉而履

其拇歆然感之若有覺其止之者於是有身肅戒不
御而生后稷蓋此詩言后稷之生甚明無可疑者然
毛氏獨不信曰履帝武者從高辛行也余竊非之以
履帝武爲從高辛行歟至於牛羊字之飛鳥覆之何
哉夔之物之異於常物者其取天地之氣弘多故其
生也或異虎豹之生異於犬羊蛟蜃之生異於魚鱉
物固有然者神人之生而有以異於人何足怪哉雖
近世猶有然者然學者以其不可推而莫之信夫事
之不可推者何獨此以耳目之陋而不信萬物之變
物之變無窮而耳目之見有限以有限待無窮則其

為說也勞而世不服古之聖人不然苟誠有之不以

所見嶷所不見故河圖洛書稷棄之生皆見於詩易

不以為怪其說蓋廣如此後世復有聖人無是固不

不可少之而有是亦不足怪此聖人之意也

誕彌厥月先生如達不坼不副無菑無害以赫厥靈上

帝不寧不康禋祀居然生子

誕大也彌終也達羊子也后稷姜嫄之元子也既終

其月而生其生也如達之易赫然其異於人此豈上

帝不安之哉然姜嫄乃反以其由禋祀之故居然無

疾而生子是以不安而弃之

誕寘之隘巷牛羊腓字之誕寘之平林會伐平林誕寘

之寒氷鳥覆翼之鳥乃去矣后稷呱矣

寘置也腓辟也字愛也覆蓋也翼藉也呱泣聲也於

是知有天異往取之矣

實覃實訏厥聲載路誕寘匍匐克岐克嶷以就口食蓺

之荏菽旆旆禾役穟穟麻麥幪幪瓜瓞唪唪

覃長也訏大也岐岐嶷嶷峻茂也言后稷之生其體

實長且大其聲則載於路矣及其㛴匍匐以就食也

其形則巳岐嶷矣及其稍壯遂知樹蓺五穀言出於

其性也荏菽大豆也旆旆長也役行列也穟穟苗好

也懷懞苗盛也嗌嗌多實也

誕后稷之穡有相之道弗厭豐草種之黃茂實方實苞

實種實褎實發實秀實堅實好實穎實栗卽有邰室家

相助也弗荒也黃茂嘉穀也方極甽也苞茂也種生

不雜也褎長也發發管也秀華也穎垂穎也栗不秕

也后稷之爲稷官也稼穡常若有邰之者雖弗穡豐

草之地皆能以生嘉穀故堯封之於邰使卽其母之

家而居之邰姜嫄父母國也在今武功

誕降嘉種維秬維秠維穈維芑恆之秬秠是穫是畝恆

之穈芑是任是負以歸肇祀

秬黑黍也秠一稃二米也穈赤苗也芑白苗也恒徧

也任檐也肇始也后稷既封而獲嘉種曰天實降此

於是徧種之既成獲而棲之於畝負任以歸而始祭

天焉

誕我祀如何或舂或揄或簸或蹂釋之叟叟烝之浮浮

載謀載惟取蕭祭脂取羝以軷載燔載烈以興嗣歲

揄抒臼也蹂揉執之也釋淅米也叟叟聲也浮浮氣

也既治其米以待祭祀於是謀祭之日思祭之備及

其將祭則取蕭草與祭牲之脂爇之於行神之位馨

香既聞取羝羊之體以祭神又燔烈其肉以為尸羞

然後犯軷而往郊所以興來歲繼往歲也此所謂孟

春祈穀于上帝

卯盛于豆于豆于登其香始升上帝居歆胡臭亶時后

稷肇祀庶無罪悔以迄于今

卯我也木曰豆尢曰登豆薦菹醢登薦大羮亶信也

時是也言非獨其芳臭信能至是也自后稷始祭天

而無罪悔以至于今是以天饗之也古者天子祭天

地諸侯祭社稷此禮之不可易者也然后稷之諸

侯周公之諸侯也而皆得祭天此何禮也澤水之

後民方阻饑后稷教之播種民於是獲粒食天實祐

之而錫之嘉種詩曰誕降嘉種維秬維秠維穈維芑

又曰貽我來牟帝命率育及周公遭流言之變成王

疑之天大雷電以風禾偃木拔及成王啓金縢之書

知其以周公故也將迎周公爲之出郊而天乃雨反

風禾則盡起蓋二公之德上昭于天天所以佑之者

如此故堯與成王因天之意而使之祭天非私許之

也不然二公之世賢者多矣而皆不得祭天蓋天命

之所不及故也

生民八章四章章十句四章章八句

行葦忠厚也

敦彼行葦牛羊勿踐履方苞方體維葉泥泥

敦聚貌也行道也苞本也體榦也泥泥弱貌也道上

之蕢其爲物也微矣仁人君子將於是何求哉然謂

其方且欲生也故禁牛羊使勿踐之而況於人乎故

王者內則親睦九族外則尊事黃耇凡以無逆其性

而非有所望之也此所謂忠厚也

戚戚兄弟莫遠具爾或肆之筵或授之几

戚戚相親也爾近也肆成也少者肆筵而已老者加

之以几

肆筵設席授几有緝御或獻或酢洗爵奠斝

緝續也御侍御也舉亦爵也兄弟之老者既陳之進

又設之以重席既授之几又有相代而侍之者主人

獻賓賓酢主人主人洗爵而醻賓則賓受而奠之不

舉也

醓醢以薦或燔或炙嘉殽脾臄或歌或咢

醓醢醢之多汁者也薦禮韭菹則醓醢燔肉也炙肝

也膴胲函所以爲加也歌者比於琴瑟徒擊鼓

曰咢

敦弓既堅四鍭既鈞舍矢既均序賓以賢

敦弓畫弓也鍭矢也鈞參亭也均四隅均也賢射中

多也此將養老而以射擇其賓也

敦弓既句既挾四鍭四鍭如樹序賓以不侮
句穀通射禮搢三挾一既挾四鍭則徧釋矣不侮敬
也

曾孫維主酒醴維醹酌以大斗以祈黃耇
曾孫謂成王也醹厚也大斗其長三尺祈告也酒醴

既備則以告於黃耇而養之

黃耇台背以引以翼壽考維祺以介景福

台鮐也大老其背有鮐文引導之也翼左右之也祺
吉也

行葦八章章四句

既醉大平也

既醉以酒既飽以德君子萬年介爾景福

周自文王至於成王而天下平無所復事故君子作

此詩言王與羣臣祭畢而燕於寢旅酬至無算爵醉

之以酒而飽之以德臣之所以願其君者反復而不

厭此謂太平也

既醉以酒爾殽既將君子萬年介爾昭明

將行也昭明顯著於天下也

昭明有融高朗令終令終有俶公尸嘉告

融和也俶始也昭明而能和高朗而能終而復始

福無窮也尸以是無窮之福報於成王王者以卿為

尸天子之卿有以諸侯為之故曰公尸

其告維何邊豆靜嘉朋友攸攝攝以威儀

尸之所以報主人者以其邊豆靜嘉君臣相敕以無

違禮故也朋友王之友臣也攝檢也

威儀孔時君子有孝子孝子不匱永錫爾類

君子之事神其禮無不時者故神錫之以孝子孝之

施於人無窮故又能錫其類

其類維何室家之壼君子萬年永錫祚胤

壹廣也能錫其類則室家之廣皆將化之則其胤嗣

無不賢者矣

其胤維何天被爾祿君子萬年景命有僕其僕維何釐

爾女士釐爾女士從以孫子

僕屬也釐予也天之所以屬之者予之以女子而有

士君子之行者也予之以女士而其子孫無不賢者

矣

既醉八章章四句

鳧鷖守成也

鳧鷖在涇公尸來燕來寧爾酒既清爾殽既馨公尸燕

飲福祿來成

守成者守先王之成法而無所損益之謂也故此詩

言祭畢而燕尸潔其酒食而將之以敬不失其故而

巳尸之在廟也其容安詳鳬鷖之爲物也愿而遲其

貌似焉鳬鷖皆水鳥涇水名也

鳬鷖在沙公尸來燕來宜爾酒既多爾殽既嘉公尸燕

飲福祿來爲

爲助也

鳬鷖在渚公尸來燕來處爾酒既湑爾殽伊脯公尸燕

飲福祿來下鳬鷖在潨公尸來燕來宗既燕于宗福祿

來降公尸燕飲福祿來崇

湅水會也來宗來尊也崇重也

鳬鷖在亹公尸來止熏熏旨酒欣欣燔炙芬芬公尸燕

飲無有後艱

亹山絶水也熏熏和說也欣欣樂也芬芬香也

鳬鷖五章章六句

假樂嘉成王也

假樂君子顯顯令德宜民宜人受祿于天保佑命之自

天申之

假嘉也春秋傳作嘉樂申重也言天之於成王反覆

申重而不厭是以保右而命之也

干祿百福子孫千億穆穆皇皇宜君宜王不愆不忘率

由舊章

成王干祿而得百福故其子孫之蕃至于千億適爲

天子庶爲諸侯無不穆穆皇皇以遵成王之法者

威儀抑抑德音秩秩無怨無惡率由羣匹受福無疆四

方之綱

無所不容故無怨無所不矜故無惡從衆之欲而已

不自爲是以能受無疆之福爲四方之綱

之綱之紀燕及朋友百辟卿士媚于天子不解于位民

之攸墍

燕安也墍息也成王紀綱四方而臣下賴之以安故

百辟卿士思所以媚之者曰維不解于位不解于

故民獲休息也

假樂四章章六句

公劉召康公戒成王也

篤公劉匪居匪康迺場迺疆迺積迺倉迺裹餱糧于橐

于囊思緝用光弓矢斯張干戈戚揚爰方啟行

后稷始封於邰傳子不窋而失其官犇於戎狄之間

再世不顯其孫公劉復脩后稷之業始居於豳故召

公稱之以教成王言公劉之在西戎也不康其居外

則治其疆場內則積其倉廩內外繕完則裹其餱糧

思以輯和其民而光其先祖於是用兵於四方以啟

敵之行陣而幽國於是始立篤厚也戚斧也揚鉞也

篤公劉于胥斯原既庶既繁既順迺宣而無永歎陟則

在巘復降在原何以舟之維玉及瑤鞞琫容刀

胥相也宣遍也舟奉也公劉之相其田原也其民則

已繁庶矣公劉又能順其所欲而後導之以事故其

民勞而不怨公劉則與之陟巘而降原民滋愛之於

是相與進其玉瑤容刀之佩以帶之愛之至也

篤公劉逝彼百泉瞻彼溥原迺陟南岡乃覯于京京師

之野于時處處于時廬旅于時言言于時語語

溥廣也京大陵也直言曰言論難曰語公劉之營京

邑也審矣自下觀之則往百泉而望溥原自上觀之

則陟南岡而覯京師審其可處矣則經畫以定之曰

此可以居居民此可以廬實旅此可以施教令此可

以議政事蓋自邇幽至此而始有朝廷邑居之正焉

篤公劉于京斯依蹌蹌濟濟俾筵俾几既登乃依乃造

其曹執豕于牢酌之用匏食之飲之君之宗之

公劉依京以營邑宮室既成其土蹌蹌其大夫濟濟

皆會於朝公劉則命設几莚而饗之賓登席依几乃

造其羣牧搏豕而烹之以爲飲酒之殽殽用豕酌用

匏新國殺禮也

篤公劉既溥既長既景迺岡相其陰陽觀其流泉其軍

三單度其隰原徹田爲粮度其夕陽豳居允荒

宮室既成則治其田原既廣且長矣於是考之以曰

景參之以高岡以相其陰陽寒燠之宜水泉灌溉之

利辨其土宜以授野人古者大國三軍以其餘卒爲

羨自周之遷而其民未集丁夫適滿三軍之數而無

羨卒故曰其軍三單度其原隰之田以徹法頒之一

夫百畝則三單之民適皆給足於是又度其山西之

田以廣之而幽人之居於此益大什一而稅曰徹山

西曰夕陽允信也荒大也

篤公劉于幽斯館涉渭爲亂取厲取鍛止基乃理爰衆

爰有夾其皇澗遡其過澗止旅迺密芮鞫之卽

宮室旣成田野旣治則營其邑居其營邑也事有其

備物有其處至於厲鍛之微皆有所取之亂絕流也

厲鍛石之可以治斤斧者也基邑之所在也言其始

爲之基也則已順其理矣故其成而居之則益衆而

益有其居有夾澗者有遡澗者皇過二澗名也旅衆

也其後所居之象盆密乃復即其澗之芮鞫而居之

水之內曰芮其外曰鞫或曰芮水出其山西北東入

涇芮鞫芮水之外也此詩言公劉之在豳其業甚微

其功甚勤所以深戒成王使不忘敬也

公劉六章章十句

洞酌召康公戒成王也

洞酌彼行潦挹彼注兹可以饙饎豈弟君子民之父母

洞遠也行潦流潦也饙餾也饎酒食也流潦水之薄

也然苟挹而注之則可以饙饎言物無不可用者是

以君子之於人未嘗有所弃猶父母之無弃子也或

曰雖行潦汙賤之水苟挹之於彼而注之於此則逶

可以餴饎孟子曰雖有惡人齋戒沐浴則可以祀上

帝此所以爲戒成王也

洞酌彼行潦挹彼注茲可以濯罍豈弟君子民之攸歸

罍所以盛酒

洞酌彼行潦挹彼注茲可以濯溉豈弟君子民之攸墍

墍息也

洞酌三章章五句

卷阿召康公戒成王也

有卷者阿飄風自南豈弟君子來游來歌以矢其音

卷曲也風之為物無所不入未有能禦之者維曲阿

卷然當道則風自其南而去無自入之矣小人之能

得其君亦如風然雖欲多方以拒之然其入也有道

維得樂易之君子而與之游彼見其容貌聞其聲音

而自去矣子夏曰舜有天下選於眾舉皋陶不仁者

遠矣湯有天下選於眾舉伊尹不仁者遠矣

伴奐爾游矣優游爾休矣豈弟君子俾爾彌爾性似先

公酋矣

伴奐縱弛之意也彌終也似肖也酋就也人君子伴奐

優游無所事者維得樂易君子以終成其性則能肖

先君而就其業矣性之於人莫不固有之也然不得

賢者則不能自成

爾土宇昄章亦孔之厚矣豈弟君子俾爾彌爾性百神

爾主矣

昄大也章著也人君土宇大而且著其厚甚矣維得

君子以成其性而後山川神祇咸主之也

爾受命長矣茀祿爾康矣豈弟君子俾爾彌爾性純嘏

爾常矣

茀多也嘏福也人君受命既長百祿既康維得君子

以成其性而後能常享此福也

有馮有翼有孝有德以引以翼豈弟君子四方維則

在前則有馮在側則有翼孝著於內德施於外以此

引翼其君而爲四方則維豈弟君子爲能當之耳

顒顒卬卬如圭如璋令聞令望豈弟君子四方維綱

顒顒卬卬高名也如圭如璋純潔也遠之則有令聞

近之則有令望亦維豈弟君子爲能當之

鳳凰于飛翽翽其羽亦集爰止藹藹王多吉士維君子

翽翽羽聲也藹藹衆多也鳳凰之飛而能集於其所

止者衆羽之力也然而用羽者鳳也不得其用羽者

使媚于天子

則亦安能至哉王之吉士亦衆矣然必有君子以使

之而後能媚天子也

鳳凰于飛翽翽其羽亦傅于天藹藹王多吉人維君子

命媚于庶人鳳凰鳴矣于彼高岡梧桐生矣于彼朝陽

菶菶萋萋雝雝喈喈君子之車既庶且多君子之馬既

閑且馳矢詩不多維以遂歌

山東日朝陽鳳之性非梧桐不棲非竹實不食故鳳

凰鳴于高岡將欲得而畜之則植梧桐於朝陽以待

之使梧桐之盛至於菶菶萋萋也則鳳凰鳴於其上

雝雝喈喈矣維君子亦然其德有以絕於衆人而衆

人待之則將不至故其所以載之者車必庶而多焉

必閑而馳以此待之之庶曰苟至焉成王之朝蓋有是

人而王不知歟故召公爲此詩其所陳者不多也維

告以逶用之而巳

卷阿十章六章章五句四章章六句

民勞召穆公刺厲王也

民亦勞止汔可小康惠此中國以綏四方無縱詭隨以

謹無良式遏寇虐憯不畏明柔遠能邇以定我王

汔幾也中國京師也詭隨者不顧是非而妄從人也

人未有無故而妄從人者維無良之人將悅其君而

窩其權以爲寇虐則爲之蟊無縱詭隨則無良之人

肅無良之人肅則寇虐無良之人止然後录遠能邇

而王室定矣

民亦勞止汔可小休惠此中國以爲民逑無縱詭隨以

謹惽怓式遏寇虐無俾民憂無弃爾勞以王爲休

逑聚也惽怓亂也爾勞舊勞也

民亦勞止汔可小息惠此京師以綏四國無縱詭隨以

謹罔極式遏寇虐無俾作惡敬慎威儀以近有德民亦

勞止汔可小愒惠此中國俾民憂泄無縱詭隨以謹醜

厲式遏寇虐無俾正敗戎雖小子而式弘大

憩息也泄去也厲惡也戎女也王雖小子自遇然用

事於天下甚大不可不慎也

民亦勞止汔可小安惠此中國國無有殘無縱詭隨以

謹繾綣式遏冦虐無俾正反及王欲玉女是用大諫

繾綣小人之固結其君者也王欲玉女欲使王德純

備如玉也

民勞五章章一句

板凡伯刺厲王也

凡伯周公之後爲王卿士

上帝板板下民卒癉出話不然爲猶不遠靡聖管管不

實於亶猶之未遠是用大諫

板板反覆不定也瘅病也管管無所不事也亶誠也

天之禍福反覆不定屬王一失其德而民皆不安告

之以話言則不信聽其自爲謀則不遠自非聖人而

欲無所不事不自實於其所誠能而止君子知其將

敗而幸其謀之未遠故作此詩以大諫之

天之方難無然憲憲天之方蹶無然泄泄辟之輯矣民

之洽矣辟之懌矣民之莫矣

難艱難也蹶震動也憲憲猶軒軒也泄泄猶沓沓也

輯和也莫定也屬王暴虐恣行故告之曰天今方為

艱難以震動周室無為是軒軒而不顧沓沓而不已

是不能以服民祗以速亂而巳民之不順非有異志

也畏王之無厭而求以自免耳苟無欲害之之心而

出好言焉民今洽而定矣

我雖異事及爾同寮我即爾謀聽我囂囂我言維服勿

以為笑先民有言詢于芻蕘

君子欲諫王則又以告其寮之信於王者庶幾王信

之而其言易入囂囂行不顧也服服行也

天之方虐無然謔謔老夫灌灌小子蹻蹻匪我言耄爾

用憂謔多將熇熇不可救藥

謔謔戲侮也灌灌欵誠也蹻蹻驕貌也熇熇熾盛也

言天方將爲虐以敗王安得以爲戲而不信哉老者

知其不可而盡其欵誠以告之少者不信而驕之故

曰非我老耄而妄言乃女以憂爲戲耳夫憂未至而

救之猶可爲也苟侯其益多則如火之盛不可復救

矣

天之方懠無爲夸毗威儀卒迷善人載尸

懠怒也夸大也毗附也小人之於人不以大言夸之

則以諛言毗之或夸或毗而威儀迷亂則雖善人將

相從尸其禍矣

民之方殿屎則莫我敢葵喪亂蔑資曾莫惠我師

殿屎亦作唸吚呻吟也蔡撲也民方愁苦呻吟莫測

其所欲方世之喪亂困竭又曾無以惠之者變之典

也何曰之有

天之牖民如壎如箎如璋如圭如取如攜攜無曰益牖

民孔易民之多辟無自立辟

聖人之導民如暗者之願明而為之牖焉導其天也

是以託之於天壎箎以言其和也圭璋以言其合也

攜取以言其易也然其道之也攜之而已不求多於

民是以其導之也甚易今屬王求之已甚民尚安宵

從王哉方世之治也天下咸聽其上而有一不從故

刑足以勝之今天下皆不順雖有刑辟尚何從立之

哉故以次章教之使懷來其羣臣

价人維藩大師維垣大邦維屏大宗維翰懷德維寧宗

子維城無俾城壞無獨斯畏

价大也大人眾所服也大師大眾也大邦大諸侯也

大宗強族也宗子同姓也此五者皆王之屏蔽以德

懷之則合否則離散無以自安矣人皆曰無俾城壞

城之壞也則知畏之五者之蔽有甚於城而莫知畏

其壞也所謂小人務知小者近者而已

敬天之怒無敢戲豫敬天之渝無敢馳驅昊天曰明及

爾出王昊天曰旦及爾游衍

王往也旦明也天之明也人未有行而不從者柰何

不畏也

板八章章八句

頖濵先生詩集傳卷第十六終

蕩之什　　大雅

蕩　召穆公傷周室大壞也

蕩之所以爲蕩由詩有蕩蕩上帝也毛詩之序以爲

天下蕩蕩無綱紀文章則其所以名篇非其詩之意

矣

蕩蕩上帝下民之辟疾威上帝其命多辟天生蒸民其

命匪諶靡不有初鮮克有終

蕩蕩廣大貌也天之廣大下民之所君也今民被厲

王之禍咸謂天迅烈無恩而多淫辟之命何者天之

生民其命不可復信莫不有初而無終者言生之於
治而終之於亂也

文王曰咨咨女殷商曾是彊禦曾是培克曾是在位曾
是在服天降滔德女興是力

召公知厲王之將亡故為此詩稱文王所以咨嗟商
紂蓋傷周室將有此禍也彊禦彊梁捍禦不可告教
之人也培克斂克深少恩之人也朝廷之在位服
事者皆是人也滔漫也力任也天降是人以妖孽天
下女又興而任之何哉

文王曰咨咨女殷商而秉義類彊禦多懟流言以對寇

攘式內侯作侯祝靡届靡究

凡秉義以事女者女則以為彊禦多怨之人凡民怨

讒流傳之言有以告者女則以為寇攘於內至於小

人詐偽無實唯以祝詛相要女則不復窮極其情偽

而遂受之何也作或作詛

文王曰咨咨女殷商女炰烋于中國斂怨以為德不明

爾德時無背無側爾德不明以無陪無卿

炰烋氣健貌也無背無側前後左右無良臣也陪陪

貳也

文王曰咨咨女殷商天不湎爾以酒不義從式既愆爾

止靡明靡晦式號式呼俾晝作夜

涵沉涵也止容止也人之沉涵非天使然也凡百不

義皆將從是起故既懲爾止則無所不至矣

文王曰咨咨女殷商如蜩如螗如沸如羹小大近喪人

尚乎由行內奰于中　國覃及鬼方

蜩蟬也螗蝘也奰怒也飲酒號呼之聲如蜩螗沸羹

之亂君臣以是危於喪亡而人猶從之亂止於京師

而鬼方皆被其禍言惡之遠也

文王曰咨咨女殷商匪上帝不時殷不用舊雖無老成

人尚有典刑曾是莫聽大命以傾文王曰咨咨女殷商

人亦有言顚沛之揭枝葉未有害本實先撥殷鑒不遠

在夏后之世

顚仆也沛拔也揭發也大木之拔非枝葉之患所能
爲也其本實先自撥矣譬如商周之衰典刑未廢諸
侯未畔四夷未起而其君不義以自絕於天下莫可
救也言商之鑒在夏則周之鑒在商明矣

蕩八章章八句

抑衞武公刺厲王亦以自警也

宣王十六年衞武公卽位年九十有五而作此詩蓋
追刺厲王以自警也

抑抑威儀維德之隅人亦有言靡哲不愚庶人之愚亦

職維疾哲人之愚亦維斯戾

抑抑密也隅廉也戾罪也天下有道則賢者可外占

而知內譬如宮室內有繩直則外有廉隅至於亂世

賢者不容則毀其威儀佯愚以辟禍故曰庶人之愚

亦其職耳譬如疾病雖欲免而不得哲人之愚非其

質然也畏罪故耳

無競維人四方其訓之有覺德行四國順之訏謨定命

遠猶辰告敬慎威儀維民之則

競彊也訓馴也覺直也訏大也辰時也爲國者得人

則彊失人則弱循道者民之所順而背理者民之所

叛也故人君必先任賢臣內秉直德以服天下然後

先事而大謀以定政命遠圖而時告之政事既脩又

能敬其威儀以為民則則所以為國者略備矣

其在于今興迷亂于政顛覆厥德荒湛于酒女雖湛樂

從念厥紹罔敷求先王克共明刑

今厲王作起迷亂之人而任之以政又顛覆其德荒

湛于酒不念先王之典刑而尚何以為國哉

肆皇天弗尚如彼泉流無淪胥以亡凤興夜寐灑埽庭

內維民之章脩爾車馬弓矢戎兵用戒戎作用逷蠻方

毛詩□□詁訓傳　卷二

天不屑厲王之行君子憂之恐其如泉之流相陷以

就亡竭故教之使脩其政事以自救戒備也戎兵也

作起也邈遠也

質爾人民謹爾侯度用戒不虞慎爾出話敬爾威儀無

不柔嘉白圭之玷尚可磨也斯言之玷不可爲也

質成也侯度天子所以御諸侯之度也天子苟內失

其人民而外慢其諸侯則將有不虞之禍起夫怨不

在大言語之不慎威儀之不敬與人失和而禍之所

從起也

無易由言無曰苟矣莫捫朕舌言不可逝矣無言不讎

無德不報惠于朋友庶民小子子孫繩繩萬民靡不承

揶持也逝發也君子告王使無輕從人之言無曰苟

如是而已雖無有持吾舌者然而言不可以妄發何

者言行之出未有不反報之者也苟能惠其朋友以

至於庶民則民思戴其子孫繩繩而不絕矣

視爾友君子輯柔爾顏不退有愆相在爾室尚不愧于

屋漏無曰不顯莫予云覯神之格思不可度思矧可射

思

吾視王所與友者皆求所以和柔王顏而已莫敢正

言犯王者左右無正人焉吾以是知其有咎不遠矣

苟以為不信曷不視其在爾室者尚且不愧于屋漏

況其遠者乎人之愧于屋漏也曰莫予見者耳神之

至也尚不可得而知之矧可得而厭之哉言人雖莫

見而神鑒之也西北隅曰屋漏格至也

辟爾為德俾臧俾嘉淑愼爾止不愆于儀不僭不賊鮮

不為則投我以桃報之以李彼童而角實虹小子

辟法也虹潰也人君苟脩其德而愼其容止無僭為

殘賊之行則民鮮不可以為法矣譬如投之以桃而

報之以李不可誣也今王無其實而欲求民之法之

則亦譬如童羊而求有角之用人誰信汝哉徒自潰

而巳

荏染柔木言緡之絲溫溫恭人維德之基其維哲人告

之話言順德之行其維愚人覆謂我僭民各有心

緡被也木柔矣而被之以絲則可以為弓不柔者雖

被之不從也故為溫恭之人然後可以入德告之以

話言則順之彼愚者反謂我欺之耳人心之不同如

此此君子所以憂憤而無如之何也

於乎小子未知臧否匪手攜之言示之事匪面命之言

提其耳借曰未知亦既抱子民之靡盈誰夙之而莫成

王不知善惡而告之者亦至矣苟以為尚少而未知

歎則亦既抱子非少矣靡盈不足也人之才性有所

未足獨患不知苟其蚤知則蚤成之豈有蚤知而晚

成之者言王之不能有成由不知也

昊天孔昭我生靡樂視爾夢夢我心慘慘誨爾諄諄聽

我藐藐匪用爲教覆用爲虐借曰未知亦聿既耄

夢夢昏亂也諄諄款誠也藐藐不入也君子之諫王

王非以爲教之也以爲虐之耳

於乎小子告爾舊止聽用我謀庶無大悔天方艱難曰

喪厥國取譬不遠昊天不忒回遹其德俾民大棘

舊久也止辭也天方艱難周室曰吾將喪其國譬如

夏商其類不遠天豈復有差忒不然者哉然王留不
悟益爲邪僻之行使民至於困急而無告也

抑十二章三章章八句九章章十句

桑柔芮伯刺厲王也

芮伯爲卿士字良夫

菀彼桑柔其下侯旬捋采其劉瘭此下民不殄心憂倉

兄塡兮倬彼昊天寧不我矜

菀茂也旬徧也劉殘也殄絕也倉悲也兄滋也塡久
也桑之爲物其葉最盛然及其采之也一朝而盡無
黃落之漸故詩人取以爲比言周之盛也如柔桑之

袁汝南先生詩集傳　卷十

茂其陰無所不徧至於厲王肆行暴虐以敗其成業

則王室忽焉洞弊如桑之旣殞民失其蔭而受其病

故君子憂之不絕於心悲之益久而不已號天而訴

之也

四牡騤騤旟旐有翩亂生不夷靡國不泯民靡有黎具

禍以燼於乎有哀國步斯頻

厲王之亂天下征役不息故其民見其車馬旌旗而

厭苦之夷平也泯滅也黎衆也具俱也燼灰燼也國

步國之動也頻數也畜大物者惡數動之故以國步

斯頻爲哀也

國步蔑資天不我將靡所止疑云徂何往君子實維秉

心無競誰生厲階至今為梗

將養也疑定也競彊也動而無所資天不吾養矣而

王尚不求所止定欲行而安往哉故曰王則實然其

秉心無疆是以不能有所定者夫惟疆而能立然後

可與止亂而起廢

憂心慇慇念我土宇我生不辰逢天僤怒自西徂東靡

所定處多我覯痻孔棘我圉

此章行役者之怨也俾厚也痻病也多矣我之遇病

也急矣我之捍禦也

為謀為毖亂況斯削告爾憂恤誨爾序爵誰能執熱逝

不以濯其何能淑載胥及溺

毖愼也王瑟不為謀且愼哉然而不得其道適所以

長亂而自削耳故告之以其所當憂誨之以斂爵曰

誰能執熱而不濯者賢者之能已亂猶濯之能解熱

耳今王之所任者其何能善哉則相與入於陷溺而

巳

如彼遡風亦孔之僾民有肅心荓云不逮好是稼穡力

民代食稼穡維寶代食維好

遡鄉也僾唈也肅進也荓使也君子視厲王之亂悶

然如遡風之人喝而不息雖有欲進之心皆曰世亂

矣非吾所能及也於是退而稼穡盡其筋力與民同

事以代祿食而已當是時也仕進之憂甚於稼穡之

勞故曰稼穡維寶代食維好言雖勞而無患也

天降喪亂滅我立王降此蟊賊稼穡卒痒哀恫中國具

贅卒荒靡有旅力以念穹蒼

立王王之所恃以立者也痒病也恫痛也贅屬也荒

空也言天下無有不罹其禍而至於空匱者也旅眾

也言羣臣無肯併力以念天禍者也

維此惠君民人所瞻秉心宣猶考慎其相維彼不順自

獨俾臧自有肺腸俾民卒往

惠順也民人所瞻言無所隱伏也既持其心又博謀

於衆而考之於其輔相此所以無不順也今則不然

自獨俾臧自謂賢也自有肺腸自用其心也此民之

所以不順也

瞻彼中林牲牲其鹿朋友已譖不胥以穀人亦有言進

退維谷

牲牲衆也朋友相譖不能相善曾鹿之不如是以進

退無不陷焉者

維此聖人瞻言百里維彼愚人覆狂以喜匪言不能胡

斯畏忌

聖人明於成敗所視而言者百里無遠而不察愚人
不知禍之將至則反狂以喜雖然彼未必不知也乃
以畏王而不敢言耳

維此良人弗求弗迪維彼忍心是顧是復民之貪亂寧

爲荼毒

迪進也屬王之於賢者未嘗求而進之至於殘忍之
人則顧念重復而不能已上之所好下之所趨也故

民貪於昏亂安爲荼毒之行以求合王意

大風有隧有空大谷維此良人作爲式穀維彼不順征

以中垢

隧道也大風之起必有所從來者有空大谷則風之

所從起也屬王之不善民之所從惡也征行也垢穢

也言善人之作也以用其善小人之行也以播其穢

皆發其中之所有於外也

大風有隧貪人敗類聽言則對誦言如醉匪用其良覆

俾我悖

風之起也有道類之敗也有自貪人在上則類之所

由敗也聽言道聽之言也誦言先王之言也悖逆

由王不用善反使天下皆為逆德也

嗟爾朋友亐豈不知而作如彼飛蟲時亦弋獲既之陰

女反亐來赫

君子既責其君則又責其僚友曰我豈不知爾所爲

哉爾自謂莫吾禁者譬如飛鳥誰能執之然時亦有

弋而獲之者憂其獲也覆庇而告之柰何反以言赫

我哉

民之罔極職涼善背爲民不利如云不克民之回遹職

競用力

民之不可測知職汝信用又覆之人也上之害民如

恐不勝故民日以邪僻由上用力而競之也

民之未戾職盜爲寇涼曰不可覆背善言雖曰匪予既

作爾歌

戾定也民之未定職上有盜賊之臣爲之寇也女苟

信以爲是不可則又曷爲反背舋我哉爾雖曰是非

我所爲既作爾歌矣不可欺也

桑柔十六章八章章八句八章章六句

雲漢仍叔美宣王也

仍叔周大夫也

倬彼雲漢昭回于天王曰於乎何辜今之人天降喪亂

饑饉薦臻靡神不舉靡愛斯牲圭璧既卒寧莫我聽

雲漢水之精也昭明也回轉也宣王遭旱而懼夜仰

河漢以觀雨之候而不得曰今之人何罪而罹此禍

靡神不舉而莫吾聽也禮國有凶荒則索鬼神而祭

之

旱既大甚蘊隆蟲蟲不殄禋祀自郊徂宮上下奠瘞

神不宗后稷不克上帝不臨耗斁下土寧丁我躬

蘊結也隆盛也蟲蟲熱也殄絕也郊天地也宮宗廟

也上祭天下祭地奠其禮瘞其物宣王憂旱百神無

所不舉然后稷不能救上帝不復饗窮而無告故曰

與其耗斁下土寧使我躬當之無使人人被其患也

旱既大甚則不可推競競業業如霆如雷周餘黎民靡

有孑遺昊天上帝則不我遺胡不相畏先祖于摧

推遷也言王欲以身當之而不能也競競恐也業業

危也恐懼之甚如雷霆震於其上也天將不復使我

有遺餘胡爲尚不相畏哉先祖之業將於是摧落矣

旱既大甚則不可沮赫赫炎炎云我無所火大命近止靡

瞻靡顧羣公先正則不我助父母先祖胡寧忍予

沮止也旱既不止民咸曰我無所庇死不遠矣然曾

莫有瞻顧之者羣公先正先王之臣也庶官之長曰

正

旱既大甚滌滌山川旱魃爲虐如惔如焚我心憚暑憂

心如熏羣公先正則不我聞昊天上帝寧俾我遯

旱甚則山川草木皆盡如滌去也魃旱神也憚畏也

宣王所以祈旱者至矣而莫之答故曰苟吾之不善

不當天心則寧使我遯去以避賢者無以我故苦此

庶民也

旱既大甚黽勉畏去胡寧瘨我以旱憯不知其故祈年

孔夙方社不莫昊天上帝則不我虞敬恭明神宜無悔

怒

始以旱故欲遯去以避賢者既又以爲棄位以避憂

患非人主之義故黽勉不去以求濟斯難畏不敢也

瘨病也方社祭社及四方也虞度也悔恨也

旱既大甚散無友紀鞫哉庶正疚哉冢宰趣馬師氏膳

夫左右靡人不周無不能止瞻卬昊天云如何里

旱既甚國用空竭無以紀綱羣臣朋友故歷告之曰

鞫矣疚矣然而尚相戒以無所不周無以不能而止

宣王遭旱始欲以身當之而不得中欲以身逃之而

不敢故於其終仰而訴之於天曰將使我如何居哉

里居也

瞻卬昊天有嘒其星大夫君子昭假無贏大命近止無

棄爾成何求爲我以戾庶正瞻卬昊天曷惠其寧

昭明也假至也宣王卬以候雨而見星焉故告其羣

臣曰明矣至矣爾之無私贏矣然民之死亡不遠無

有不周以棄爾之成功且我亦何求爲哉將以定爾

庶正而已未有民不寧而庶官定者也於是又卬而

愬天曰曷不惠而寧之哉

　　雲漢八章章十句

崧高尹吉甫美宣王也

尹吉甫周之卿士

崧高維嶽駿極于天維嶽降神生甫及申維申及甫維

周之翰四國于蕃四方于宣

山大而高曰崧駿大也唐虞之間姜氏實為四嶽堂

嶽之祀嶽神享之而祐其子孫於周齊許申甫皆其

後也在穆王之世其賢者曰甫侯宣王之世曰申伯

實能屏翰周室蔽其患難而宣其德澤於天下

亹亹申伯王纘之事于邑于謝南國是式王命召伯定

申伯之宅登是南邦世執其功

纘繼也謝周之南土也南陽有申城申伯國也召伯

召公虎也登成也

王命召伯是式南邦因是謝人以作爾庸王命召伯徹

申伯土田王命傳御遷其私人

庸城也徹定其稅也傳御傳王治事之臣也私人家

臣也

申伯之功召伯是營有俶其城寢廟旣成旣成藐藐王

錫申伯四牡蹻蹻鉤膺濯濯

俶作也藐藐深貌也蹻蹻壯貌也濯濯光明貌也

王遣申伯路車乘馬我圖爾居莫如南土錫爾介圭以

作爾寶往近王舅南土是保

圭尺二寸謂之介非諸侯之圭故賜以爲寶近辭也

讀如彼巳之子之巳

申伯信邁王餞于郿申伯還南謝于誠歸王命召伯徹

申伯土疆以峙其糧式遄其行

王在歧周故餞之於郿謝于誠歸誠歸于謝也召伯

之營謝也則已峙其餱糧使廬市有止宿之委積故

能使申伯無留行也

申伯番番既入于謝徒御嘽嘽周邦咸喜戎有良翰不

顯申伯王之元舅文武是憲

番番勇武貌也申伯既入于謝周人皆曰汝有良翰

薇矣文武是憲言其文武皆足法也

申伯之德柔惠且直揉此萬邦聞于四國吉甫作誦其

詩孔碩其風肆好以贈申伯

揉順也肆極也

崧高八章章八句

烝民尹吉甫美宣王也

天生烝民有物有則民之秉彝好是懿德天監有周昭

假于下保茲天子生仲山甫

人生而耳目心志莫不固有此所謂有物也人莫不

有是物莫不有知故耳則能聽目則能視心則

能慮物用其能則知可否此所謂有則也故民能秉

常則莫不好德維其失常乃有不善天之監周也其

明實至於下將保安宣王乃生仲山甫以佐之凡宣

王之所以能全其性而無失其常者皆仲山甫之功

也詩曰登弟君子俾爾彌爾性

仲山甫之德柔嘉維則令儀令色小心翼翼古訓是式

威儀是力天子是若明命使賦

力勉也若順也賦布也

王命仲山甫式是百辟纘戎祖考王躬是保出納王命

王之喉舌賦政于外四方爰發

戎女也發發而應之也

蕭蕭王命仲山甫將之邦國若否仲山甫明之既明且

哲以保其身夙夜匪解以事一人人亦有言柔則茹之

剛則吐之維仲山甫柔亦不茹剛亦不吐不侮矜寡不

畏彊禦人亦有言德輶如毛民鮮克舉之我儀圖之維

仲山甫舉之愛莫助之袞職有闕維仲山甫補之

輶輕也儀匹也愛惜也袞職王職也上有過失下莫

敢言而獨補之此以見其能舉德也

仲山甫出祖四牡業業征夫捷捷每懷靡及四牡彭彭

八鸞鏘鏘王命仲山甫城彼東方

王命仲山甫城齊祖祭而行其馬業業而健其徒捷

捷而斂從常恐不及事也東方則齊也

四牡騤騤八鸞喈喈仲山甫徂齊式遄其歸吉甫作誦

穆如清風仲山甫永懷以慰其心

此詩言仲山甫其始曰仲山甫之德柔嘉維則令儀

令色小心翼翼古訓是式威儀是力此與漢胡廣趙

戒何異其終日人亦有言柔則茹剛則吐之維仲

山甫柔亦不茹剛亦不吐不侮鰥寡不畏彊禦此與

漢汲黯朱雲何異胡趙柔而陷於佞汲朱剛而近於

任如仲山甫內剛外柔非伎非佞然後可以為王者

之佐當天下之事矣嗚乎非斯人其誰與歸

烝民八章章八句

韓奕尹吉甫美宣王也

奕奕梁山維禹甸之有倬其道韓侯受命王親命之纘

戎祖考無廢朕命夙夜匪解虔共爾位朕命不易榦不

庭方以佐戎辟

奕奕大也梁山韓之鎮也禹貢所謂治梁及岐者在

今同之韓城甸治也禹之治水也九州之鎮山無所

不甸雖梁山亦禹之所甸也韓武之穆也將言韓侯

故先敘其國曰梁山之下有倬然之道此韓侯之所

從朝周以受命者也戎女也不庭不來庭也辟君也

四牡奕奕孔脩且張韓侯入覲以其介圭入覲于王王

錫韓侯淑旂綏章簟弗錯衡玄袞赤舄鈎膺鏤錫鞹鞃

淺幭鞗革金厄

脩長也張大也介圭韓所貢也諸侯秋見天子曰覲

淑善也交龍為旂綏大綏也眉上曰錫刻金飾之曰

鏤錫鞃革也鞃式中也淺皮也幭覆式也鞗革轡首

也以金為小鐶而纏搤之

韓侯出祖出宿于屠顯父餞之清酒百壺其殽維何炰

鼈鮮魚其蔌維何維筍及蒲其贈維何乘馬路車邊豆

有且侯氏燕胥

既覲而反國必祖者尊其所往去則如始行焉屠地

名也顯父周之卿士也王寵韓侯故使顯父餞之蔌

菜毅也笋竹萌也蒲蒲蒻也且多貌也侯氏諸侯之

與餞者也胥辭也

韓侯娶妻汾王之甥蹶父之子韓侯迎止于蹶之里百

兩彭彭八鸞鏘鏘不顯其光諸娣從之祁祁如雲韓侯

顧之爛其盈門

汾王厲王也厲王流于彘晉霍邑是也在汾水之上

詩人以目王焉猶言莒郊公黎比公也蹶父周之卿

士姞姓也諸侯一娶九女二國勝之諸娣諸媵也

蹶父孔武靡國不到爲韓姞相攸莫如韓樂孔樂韓土

川澤詩詩魴鱮甫甫麀鹿噳噳有能有罷有貓有虎慶

既令居韓姞燕譽

蹶父以王事行於四方爲其子相善處而嫁之莫加

韓之樂者詩詩甫甫大也噳噳衆也貓似虎而淺毛

慶善也蹶父以此善韓而使韓姞居焉與譽樂也

溥彼韓城燕師所完以先祖受命因時百蠻王錫韓侯

其追其貊奄受北國因以其伯實墉實壑實畝實籍獻

其貔皮赤豹黃羆

溥大也燕樂也王以韓侯之先因是百蠻而長之故

錫之以追人貊人受之以北方之國使復爲之伯焉

韓侯於是命諸侯各脩其城池治其田敕正其稅法
以時貢其所有於王壖城也墾池也籍稅也

韓奕六章章十二句

江漢尹吉甫美宣王也

江漢浮浮武夫滔滔匪安匪遊淮夷來求既出我車既
浮浮水盛貌也滔滔順流貌也淮夷夷之在淮上者
也鋪病也宣王自周而南出於江漢之間命名公率
兵循江而下以伐淮夷行者皆莫敢安徐曰吾之求

設我旟匪安匪舒淮夷來鋪

也維淮夷是求是病言用命也

江漢湯湯武夫洸洸經營四方告成于王四方既平王

國庶定時靡有爭王心載寧

洸洸武貌也淮夷既平遂經營其旁國以告于王

江漢之滸王命召虎式辟四方徹我疆土匪疚匪棘王

國來極于疆于理至于南海

極中也王命召公闢四方之侵地而治其疆界非以

病之非以急之也使來於王國取中焉耳召公於是

疆理其地至于南海而止

王命召虎來旬來宣文武受命召公維翰無曰予小子

召公是似肇敏戎公用錫爾祉

旬徧也宣布也肇開也敏疾也公事也南方既平王

命召公來歸於周以徧治四方而布行其政曰昔文

武受命維召康公實為之翰女實肖召公之德開敏

於戎事我是用錫汝以福

釐爾圭瓚秬鬯一卣告于文人錫山土田于周受命自

召祖命虎拜稽首天子萬年

釐賜也秬鬯黑黍酒也卣尊也九命則賜圭瓚秬鬯

以祭文人其先祖之有文德者也既錫之禮命又廣

其封邑使受命於岐周用其祖召康公受封之禮焉

岐周有先王之廟且召康公所從受封也

虎拜稽首對揚王休作召公考天子萬壽明明天子令

聞不已矢其文德洽此四國

對答也考成也矢施也王命召公用召祖命故虎之

答王亦爲召康公所以對成王命受之辭自天子萬

壽以下召康公之遺意也

江漢六章章八句

常武召穆美宣王也

武不可常也宣王之征徐方猶允塞而徐方旣來

兵不勞而民不病則可常也然六月歌尹吉甫采芑

歌方叔而在小雅崧高歌申伯蒸民歌仲山甫韓奕

歌韓侯江漢歌召虎常武歌皇父而在大雅繫言之
則七詩若無以異精言之則在小雅者皆征伐政事
而已在大雅者皆君臣同德有不知其所以然而致
者此其所以異也

赫赫明明王命卿士南仲大祖大師皇父整我六師以
脩我戎既敬既戒惠此南國

宣王命其卿士皇父南征徐方皇父以卿士而兼大
師其大祖南仲則文王之所使伐玁狁者也蓋稱其
世功以襄大之

王謂尹氏命程伯休父左右陳行戒我師旅率彼淮浦

省此徐土不留不處三事就緒

尹氏尹吉甫也蓋以卿士兼內史故使之策命程伯

休父程伯休父於是始爲司馬故於兵之出也使之

左右陳其行列而戒令之曰往徇淮之上而視徐土

無父留處其地以患苦其民使其三有事之臣復就

其業

赫赫業業有嚴天子王舒保作匪紹匪遊徐方繹騷震

驚徐方如雷如霆徐方震驚

舒徐也保安也作行也紹急也繹徧也騷動也王之

南征也人望其赫赫業業之威而畏之曰有嚴哉天

子也然王則徐而安行不急不緩而徐方之人莫不

震動如雷霆作於其上不遑安矣

王奮厥武如震如怒進厥虎臣闞如虓虎鋪敦淮濆仍

執醜虜截彼淮甫王師之所

師行至於淮上則逐布其師旅敦集其陳以待之既

戰則多執醜虜王師之所在截然無侵略者

王旅嘽嘽如飛如翰如江如漢如山之苞如川之流縣

縣翼翼不測不克濯征徐國

苞本也縣縣靚也翼翼敬也不測不可測知也不克

不可克勝也濯大也淮上諸侯既已服從於是始征

毛詩吳生詩集傳 卷□

徐國

王猶允塞徐方既來徐方既同天子之功四方既平徐

方來庭徐方不回王曰還歸

猶道也王將大征徐國兵未及之徒以王道允塞而

徐人來服矣來庭來王庭也回違也

常武六章章八句

瞻卬凡伯剌幽王大壞也

瞻卬昊天則不我惠孔填不寧降此大厲邦靡有定士

民其瘵蟊賊蟊疾靡有夷屆罪罟不收靡有夷瘳

填久也瘵病也夷平也屆極也瘳愈也國有所定則

民受其福無所定則受其病於是有小人為之蟊賊

刑罰為之罔罟凡此皆民之所以病也

人有土田女反有之人有人民女覆奪之此宜無罪女

反收之彼宜有罪女覆說之哲夫成城哲婦傾城懿厥

哲婦為梟為鴟婦有長舌維厲之階亂匪降自天生自

婦人匪教匪誨時維婦寺

天何以刺何神不富舍爾介狄維予胥忌不弔不祥威

儀不類人之云亡邦國殄瘁天之降罔維其優矣人之

云亡心之憂矣天之降罔維其幾矣人之云亡心之悲

矣

幾近也

靡沸檻泉維其深矣心之憂矣寧自今矣不自我先不

自我後藐藐昊天無不克鞏無忝皇祖式穀爾後

泉之列也其源深矣幽王之敗其所從來者亦久矣

非今日而然也故君子懼而相戒曰天之藐然遠而

難信也無有不自戒敕以求鞏固者庶幾上不忝父

祖下不危子孫爾

瞻卬七章三章章十句四章章八句

召旻凡伯刺幽王大壞也

因其首章稱旻天卒章稱召公故謂之召旻以別小

旻而巳毛氏之序曰旻閔也閔天下無如召公之臣

蓋亦衍說矣

旻天疾威天篤降喪瘨我饑饉民卒流亡我居圉卒荒

篤厚也瘨病也卒盡也居國中也圉邊陲也

天降罪罟蟊賊內訌昏椓靡共潰潰回遹實靖夷我邦

訌潰也昏椓刑餘奄人也潰亂也靖安也天降罔小不

以執有罪使小人為蟊賊以潰其內故昏椓羣小不

恭之人為邪僻之行安然而夷滅其國

皐皐訿訿曾不知其玷兢兢業業孔填不寧我位孔貶

皐皐多告訴也訿訿多讒謗也小人皐皐訿訿曾無

有知其瑕者君子居於其間兢兢業業日夜危懼

父而不安猶不能保其位

如彼歲旱草不潰茂如彼棲苴我相此邦無不潰止

潰遂也苴枯草也人之生於此時者憂患多故其生

不樂如旱歲之草不得遂茂如木上之棲苴君子以

是相其國知其潰亂不父也

維昔之富不如時維今之疚不如兹彼疏斯粺胡不自

替職兄自引

言先王之世天下富樂其人固不若是窮矣至於今

世人民疲病亦未有若此之甚者蓋指言幽王大壞

之時也疏麤也粹精也兄益也引長也君子與小人

精麤之不同可指而知也小人曷不自替以避君子

而乃自任以長此亂也

池之竭矣不云自頻泉之竭矣不云自中溥斯害矣職

兄斯弘不烖我躬

頻厓也溥徧也弘大也池水之鍾也泉水之發也故

池之竭由外之不入泉之竭由內之不出今外則諸

侯不親內則國人不附其害徧至矣然小人猶自任

以益大此亂維曰不烖我躬則無所不爲曾不顧其

害民以及其國也

昔先王受命有如召公曰辟國百里今也曰蹙國百里

於乎哀哉維今之人不尚有舊

世雖亂豈不猶有舊德可用之人哉言有之而不用

耳文王之世周公治內召公治外故周人之詩謂之

周南諸侯之詩謂之召南所謂曰關國百里云者言

文王之化自北而南至於江漢之間服從之國曰益

泉耳蓋虞芮質成於周其旁諸侯聞之相帥而歸周

者四十餘國然則曰關百里之言不爲過矣楚椒舉

有言夏桀爲仍之會有緡叛之商紂爲黎之蒐東夷

叛之周幽爲太室之盟戎狄叛之皆示諸侯汰也其

後齊桓盟諸侯于葵丘震而矜之叛者九國由此觀
之闢國以禮歴國不以禮皆非用兵之謂也近世小
人欲以干戈侵虐四鄰求拓土之功者率以召公藉
口此楚靈齊湣之事桓文之所不爲而以誣召公烏
乎殆哉

召旻七章四章章五句三章章七句

潁濱先生詩集傳卷第十七

清廟之什

周頌皆有所施於、禮樂蓋因禮而作頌非如風雅之
詩有徒作而不用者也文武之世天下未平禮樂未
備則頌有所未暇至周公成王天下旣平制禮作樂
而為詩以歌之於是頌聲始作然其篇第之先後則
不可究矣考之以其時則不倫求之以其事則不類
意者亦以其聲相從乎清廟之什禮之大者也臣工
之什禮之次者也閔予小子之什禮之小者也然時
有參差不齊者意者亦以其聲相從也然不可得而

推矣

清廟祀文王也

於穆清廟肅雝顯相濟濟多士秉文之德對越在天駿

奔走在廟不顯不承無射於人斯

於乎美哉其祀文王於清廟也有肅肅其敬雝雝其

和者實來顯相其禮文王沒矣其神在天其主在廟

然士之來助祭者猶不忘秉持其德以對其在天而

奔走其在廟者言文王之澤久而不忘豈其不顯不

承哉信矣其無厭於人也肅然清淨曰清廟對配也

越辭也駿長也

清廟一章八句

維天之命

維天之命於穆不已於乎不顯文王之德之純假以溢

我我其收之駿惠我文王曾孫篤之

維天之命太平告文王也

文王受命未終而没周公成王繼之天下太平以爲

文王之德之致也故以告之曰天命之於周久而不

已文王亦既没矣而其德美不亡以大盈溢我後人

我後人收之以成太平天命之不已也如此今將以

長順文王之心惟爾子孫世益厚之

維天之命一章八句

維清奏象舞也

象文王之樂所謂象箾者蓋文舞也文王之舞謂之

象武王之舞謂之武將舞象則先歌維清故其序曰

奏象舞而其辭稱文王將舞武則先歌武故其序曰

奏大武而其辭稱武王記曰十三舞勺大武也十

五舞象象箾也武而謂之勺者勺之序曰告成大

武蓋因此詩而名之也

維清緝熙文王之典肇禋迄用有成維周之禎

緝和也熙光也周公之治周也事爲之制曲爲之防

是以其國無不脩之政政無不脩清也清則其爲之

也睱而事之也至是以無不和洽而光明者君子推
其所由致之曰由文王之法文王之造周也實始肇
祭天地先爲之極焉迄于周公遂以有成其成雖當
周公之世然其禎祥見於文王矣

維淸一章五句

烈文成王郎政諸侯助祭也

古之儒者皆言武王崩成王幼不能踐祚周公攝天
天子位以爲政七年而後反余考於詩書無之古者
君薨世子郎位諒闇而聽於冢宰三年蓋免喪而復
成王之終喪也以幼不能聽政而聽於周公七年而

復故書稱武王崩三監及淮夷畔周公相成王以黜
商有大政令未嘗不稱王命也然則成王既巳卽位
矣成王既巳卽位而周公攝則是二王者也蓋武王
崩成王無所復父不得稱子則逾年卽位而稱王雖
稱王矣而不能治王事故未嘗卽政是以周公當國
而治事非攝其位蓋行其事也其後七年退而復辟
則成王於是卽政亦非復其位蓋復其事也故此詩
之序曰成王卽政卽政非卽位也苟成王有卽位有
卽政則周公之未嘗攝位明矣或曰卽政亦卽位也
然則未終喪而爲詩以作樂可乎

烈文辟公錫茲祉福惠我無疆子孫保之無封靡于爾

邦維王其崇之念茲戎功繼序其皇之無兢維人四方

其訓之不顯維德百辟其刑之於乎前王不忘

成王朝享於廟諸侯來助者以祖考之命錫之祉福

其曰烈文辟公呼而告之也諸侯能奉順王室則子

孫安矣無封以專利無靡以專欲則王尊之矣念其

先祖之功則繼其序者益大矣勤於擇人則四方順

之矣敏於為德則百辟憲之矣凡此五者先王之所

以不忘諸侯而教之也烈文光也辟公皆君也

烈文一章十三句

天作祀先生先公也

祀時祀也周之初時祀猶及先公

天作高山大王荒之彼作矣文王康之彼祖矣岐有夷

之行子孫保之

高山岐山也大王遷於岐山始荒有之亦既作之矣

文王從而安之文王既逝矣岐周之人世載其夷易

之道子孫保之不替也

天作一章七句

昊天有成命郊祀天地也

郊謂冬至祭昊天於圜丘夏至祭地祇於方澤詩稱

昊天是以知非祈穀之郊也

昊天有成命二后受之成王不敢康夙夜基命宥密於
緝熙單厥心肆其靖之

天將祚周以天下旣有成命矣文武受之將成其王
業不敢安也夙夜積德以為受命之基蓋未嘗舍之
亦未嘗舍之也未嘗求之所謂宥也未嘗求之所謂
密也宥之也者聽其自至也密之也者欲及其時也
文武之所以答天命者如此於乎及其和洽而光明
也盡其心矣故能定之也此詩有成王不敢康而執
競有不顯成康世或以為此言成王誦康王剣也然

則周頌有康王子孫之詩矣周公制禮禮之所及樂
必從之樂之所及詩必從之故頌之施於禮樂者備
矣後世無容易之且詩曰成王不敢康夙夜基命宥
密又曰自彼成康奄有四方成王非基命之君而周
之奄有四方非自成康始也

昊天有成命一章七句

我將祀文王於明堂也

此傳所謂祀文王於明堂以配上帝者也記曰有虞
氏禘黃帝而郊嚳祖顓頊而宗堯夏后氏亦禘黃帝
而郊鯀祖顓頊而宗禹商人禘嚳而郊冥祖契而宗

湯周人禘嚳而郊稷祖文王而宗武王鄭氏以祖宗
為明堂之配而王氏以祖宗為不毀之廟亏竊以鄭
氏為不然何者四代之所禘皆其祖之所自出廟之
所不及者也其所祖者廟之所自始者也其所郊者
先世之有功者也其所宗者近世之有功者也有虞
氏繼堯堯嚳非其姓也故禘黃帝而郊嚳祖顓頊而
宗堯黃帝顓頊之所自出而顓頊舜之祖此其不可
易者也堯嚳則舜之所繼而有功者也故舜之將禪
也受終于文祖堯之祖也禹之將禪也受命于神宗
舜之宗也將以天下予人必告其所從受天下舜之

靖四方伊嘏文王既右饗之我其夙夜畏天之威于時

我將我享維羊維牛維天其右之儀式刑文王之典日

號非所以施於明堂也

故后稷升於郊此其所以異於夏商而已故祖宗之

禘太祖也雖為文王之詩故文王亦祖矣文王為祖

之主禘於稷廟先王之主禘於文武之廟雖其所以

所自成也故雖以后稷為太祖而其禘於廟也先公

至周亦然其所以為異者后稷祖也文武皆王業之

之所禘祖猶舜也而其所郊宗則其世之有功者也

所從受天下者堯也則舜之以堯為宗也明矣夏商

保之

將奉也享獻也其饗上帝於明堂也奉其牛羊而獻
之曰天其尚右我而饗此乎蓋不敢必也故自託於
文王庶幾可以致之曰我今儀式刑文王之典以靖
天下苟天不遺文王而暇之其亦既右饗我哉天之
難致也如是是以夙夜畏天之威而保文王之法庶
幾可得而致也

我將一章十句

時邁巡守告祭柴望也

時邁其邦昊天其子之實右序有周薄言震之莫不震

疊懷柔百神及河喬嶽允王維后明昭有周式序在位

載戢干戈載櫜弓矢我求懿德肆于時夏允王保之

王者以時巡行邦國曰天其尚子我哉則曰天實右

序我有周矣不然四方之諸侯豈其薄震動之而無

不震慴以歸周者我是以能巡守於方嶽柴告天地

望秩山川徧於羣神信矣我周王維君矣然我有周

豈以是求多於諸侯哉蓋亦次序其朝之羣臣斂其

甲兵而收藏之求有德之人而布之於諸夏以藩屏

周室如是而已然後信能保有天下此所謂明也

時邁一章十五句

執競祀武王也

執競武王無競維烈不顯成康上帝是皇自彼成康奄

有四方斤斤其明鍾鼓喤喤磬筦將將降福穰穰降福

簡簡威儀反反旣醉旣飽福祿來反

競彊也武王持其彊心爲而不捨故天下莫能與之

競遂成其王業而安之爲天之所君夫周之興也遠

矣至於武王成而安之然後能奄有四方使其明無

所不至凡今所以能備其禮樂脩其祭祀以受多福

者皆武王之德之致也喤喤和也將將集也穰穰衆

也簡簡大也反反順習也反復也

思文后稷配天也

執競一章十四句

周頌有祭天之詩三焉其一曰昊天有成命以郊祀

天地此所謂禘譽祀昊天於圜丘而以譽配之者也

其二曰我將祀文王於明堂此所謂宗祀文王於明

堂以配上帝者也其三曰思文后稷配天此所謂郊

稷禘其祖之所自出而以其祖配之者也此三者其

說皆出於鄭氏古之論郊祀者莫容於鄭氏然世或

以其怪而不信于以爲鄭氏近之而不善言之故爲

之辯曰天一而已然而天有五行五行之神而尊之

曰五帝不可謂無六天也古之帝王以五行之德迭
王天下故以火德者曰炎帝以土德者曰黃帝古之
帝王以五德相授而有天下其來尚矣至於周而爲
木故以其行王天下則又特祀其神此亦理之當然
也然鄭氏之說則怪矣曰昊天者耀魄寶蒼帝者靈
威仰赤帝者赤熛怒黃帝者含樞紐白帝者白招拒
黑帝者叶光紀帝王之以其德王天下者皆其所感
而生也此尚何以使學者信之然鄭氏之所謂感生
者禮之所謂祖之所自出也然則記者亦過矣史稱
秦襄公居西方自以爲主少皥之神故作西畤以祀

白帝其後宣公作密時以祀青帝靈公作吳陽上時

以祀黃帝下時以祀炎帝漢高帝曰吾聞天有五帝

而不足一何也於是復作北時以祀黑帝其說皆與

鄭氏合故鄭氏之說古矣而所以言之非也若夫王

氏之學有昊天而無五行故曰禘之所謂禘譽者大

祭於廟而以譽爲祖也所謂郊稷者祀昊天而以稷

配也所謂祀文王於明堂者亦以配昊天也予竊非

之何者周人推其受命之祖曰文王始封之祖曰后

稷故周人之廟至稷而止又推而上之曰后稷生於

姜嫄則又立姜嫄之廟曰先妣姜嫄帝譽之祀而特

立廟則嚳無廟矣無廟則無主無主則無以禘無廟
則無所禘將禘於后稷之廟是以父而下禘於子孫
之廟非禮也且夫肅之所謂其祖之自出者嚳也以
嚳為祖之所自出可也未有禘祖之父而以祖配之
者也王者之祭天地維外之故為之配以主之禘祖
之父而為之配是外祖之父也由是言之嚳不得與
宗廟之禘而祖之所自出者非嚳則所謂禘嚳者誠
配天也

思文后稷克配彼天立我烝民莫匪爾極貽我來牟帝
命率育無此疆爾界陳常于時夏

堯遭洚水之患黎民阻饑后稷播百穀以食之然後
民復粒食也方是時也天降嘉種以遺之使徧養於
四方無曰此吾疆也彼爾界也布之於諸夏使常種
之而後巳立粒過極中也能粒烝民者后稷之功也
能建皇極者后稷之德也使稷有粒民之功而無皇
極之德物我遠近存於心則安能陳常于時夏若此
其廣乎惟其功德相濟是以謂之文也不然服田力
稼之人而能使其子孫代有天下八百年不絕乎自
后稷以來世之有功於民者爲不少矣而未見有其
德者是以終不能有天下雖或有天下亦未見若是

其久者也得非其舊日乎來牟麥也

思文一章八句

臣工之什　　周頌

臣工之什

臣工諸侯助祭遣於廟也

嗟嗟臣工敬爾在公王釐爾成來咨來茹嗟嗟保介維

莫之春亦又何求如何新畬於皇來牟將受厥明明昭

上帝迄用康年命我衆人庤乃錢鎛奄觀銍文

釐賜也茹度也保介車右也月令孟春天子親載耒

耟錯之于參保介之御間田一歲曰新三歲曰畬庤

具也錢銚也鎛鎒也銍穫也諸侯朝正於王因助祭

日藏詩經古寫本刻本彙編

於廟祭終而遣之遂戒其羣臣百工曰戒爾公事王

既賜爾成法有所不知則來咨度以定之既又戒其

車右曰今既莫春矣其亦視爾田事問其如何而勸

督之昔后稷播殖百穀天實降之嘉種大受其明以

至于今常有豐歲爾其亦使眾人具其田器以勸田

事其亦大有刈矣

臣工一章十五句

噫嘻春夏祈穀于上帝也

所謂啓蟄而郊龍見而雩是也

噫嘻成王既昭假爾率時農夫播厥百穀駿發爾私終

三十里亦服爾耕十千維耦

噫嘻歎也天之所以成我王業者既昭至矣我今率

是佃田之農夫令無不咸播百穀曰其大發爾私盡

三十里而後已既令之民之服其耕者萬人皆出於

野言人事盡矣所不足雨耳是以告之天也私民田

也上之告民則先其私民之奉上則先其公曰雨我

公田遂及我私交相愛也周官凡治野夫間有遂遂

上有徑十夫有溝溝上有畛百夫有洫洫上有塗千

夫有澮澮上有道萬夫有川川上有路萬夫之地方

三十二里有半言三十里舉成數也耕廣五寸二耦

為耦萬夫故萬耦

噫嘻一章八句

振鷺二王之後來助祭也

二王杞宋也

振鷺于飛于彼西雝我客戾止亦有斯容在彼無惡在

此無斁庶幾夙夜以永終譽

振振羣飛貌也雝澤也二王之後於周為客戾至也

言客之至於廟者其容貌之脩潔如鷺之集於澤也

在彼在國也在此在周也在國無惡之者在周無厭

之者然猶庶幾其能夙夜以永終此譽愛之至也

振鷺一章八句

豐年秋冬報也

報謂秋祭四方冬祭八蜡

豐年多黍多稌亦有高廩萬億及秭為酒為醴烝畀祖

妣以洽百禮降福孔皆

稌稻也數萬至萬曰億數億至億曰秭烝進也畀予

也皆徧也豐年載芟皆非宗廟之詩而曰烝畀祖妣

何也以為所以能進享先祖者皆方蜡社稷之功也

豐年一章七句

有瞽始作樂而合乎祖也

東萊呂氏讀詩記　　卷一八　　一三一

始作樂謂周公始成大武也祖謂太祖文王也

有瞽有瞽在周之庭設業設虡崇牙樹羽應田縣鼓鞀

磬柷圉既備乃奏簫管備舉喤喤厥聲肅雝和鳴先祖

是聽我客戾止永觀厥成

瞽樂官也崇牙上飾也樹羽置羽也應小鞞也田當

作棘應鞞之屬也皆在縣鼓之上縣鼓大鼓也周人

始縣鞉鞉小鼓也柷椌也圉楬也簫編小竹管爲之

管如篴併而吹之

有瞽一章十三句

潛季冬薦魚春獻鮪也

季冬魚潔而美春鮪新來故獻於宗廟

猗與漆沮潛有多魚有鱣有鮪鰷鱨鰋鯉以享以祀以
介景福

漆沮岐周之二水也潛椮也鱣大鯉也鮪鮥也鰷白
鰷也鱨鮎也

潛一章六句

雖禘太祖也

禘宗廟之大祭所謂禘祫者也太祖文王也或言周
人以諱事神而此詩有克昌厥後則太祖非文王也
然周之所謂諱者不以其名號之耳不遂廢其文也

諱其名而廢其文者後世之禮而非周之故疑之過

矣

予肆祀

有來雝雝至止肅肅相維辟公天子穆穆於薦廣牡相

其來也和其至也敬其助者公侯其薦者天子也故

於其薦大牡也皆助陳其饌言得天下之歡心也

假哉皇考綏予孝子宣哲維人文武爲后燕及皇天克

昌厥後綏我眉壽介以繁祉既右烈考亦右文母

大哉我皇考文王之安我也其臣明哲其君文武故

能安人以及於天天地神人莫不蒙享其利故能昌

其後嗣安之以眉壽助之以多福然此非獨文王之

致也文母大姒之德亦有以右我矣大帝之禮先王

之臣有與祭者故於是稱宣哲維人焉

雝一章十六句

載見諸侯始見乎武王廟也

烈文言成王卽政諸侯助祭而載見言諸侯始見乎

武王廟則載見之作也成王未卽政歟

載見辟王曰求厥章龍斾陽陽和鈴央央鞗革有鶬休

有烈光率見昭考以孝以享以介眉壽永言保之思皇

多祜烈文辟公綏以多福俾緝熙于純嘏

載始也軾萠曰和斿土曰鈴鶬金餙貌也諸矦始來

見王求法度以姤其車服從之以祭武王之廟思介

之以眉壽而大其多祜而王之所以待辟公者則亦

以多福綏之使和合於神之所戢言君臣相與之厚

也

載見一章十四句

有客徵子來見祖廟也

有客有客亦白其馬有萋有且敦琢其旅有客宿宿有

客信信言授之蟄以蟄其馬薄言追之左右綏之旣有

淫威降福孔夷

殷尚白亦仍也言仍殷之舊也婁婁且且敬慎貌也

敦琢選擇之也旅其卿大夫也一宿曰宿再宿曰信

縶其馬者愛之不欲其去也追送也左右綏之言所

以安之無方也淫大也夷易也能感人則能福人矣

愛之至故欲其能感福人也

有客一章十二句

武奏大武也

於皇武王無競維烈允文文王克開厥後嗣武受之勝

殷遏劉耉定爾功

於乎大矣武王無競之功文王開之也文王既開其

迹武王嗣而受之勝殷而止其殺人其成功也老矣

武迹也遏止也劉殺也耆考也

武一章七句

閔予小子之什　　　周頌

閔予小子嗣王朝於廟也

閔予小子遭家不造嬛嬛在疚於乎皇考末世克孝念

茲皇祖陟降庭止維予小子夙夜敬止於乎皇王繼序

思不忘

成王始見於宗廟自傷嬛嬛無所依怙曰於乎我皇

考武王終身能孝維念我皇祖文王以其直心陟降

天人之際無有不達今我夙夜敬止則亦不忘此所

巳蓋周之先君能陟降在帝左右者惟文王也庭直

也

閔予小子一章十一句

訪予落嗣王謀於廟也

訪予落止率時昭考於乎悠哉朕未有艾將予就之繼

猶判渙維予小子未堪家多難紹庭上下陟降厥家休

矣皇考以保明其身

閔予小子成王朝廟言將繼其祖考之詩也訪落謀

所以繼之之詩也訪謀也落始也曰予將謀之於始

以循我昭考武王之德然而其道遠矣予不能及也

將使予勉彊以就之猶恐判渙不合也令將紹文王

以其直心交際上下常若陟降近在其家者美哉此

皇考之所以保明其身者將何以致此哉

訪落一章十二句

敬之羣臣進戒嗣王也

敬之敬之天維顯思命不易哉無曰高高在上陟降厥

士日監在兹維予小子不聰敬止日就月將學有緝熙

于光明佛時仔肩示我顯德行

敬之羣臣所以答訪落也故戒之曰天命之於人顯

矣不可易也無謂其高而不吾察非獨人君陟降在

帝左右天亦常陟降以察其士而況於王乎王之不

可不敬者如此王曰我未能明所謂敬者庶幾曰有

所就月有所成講之以學使心之光明者和洽而見

於外又屬任輔拂使導我以德行可以答天顯者然

後敬可得也佛輔也仔肩任也

敬之一章十二句

小毖嗣王求助也

毖慎也慎之於小則大患無由至矣

予其懲而毖後患莫予荓蜂自求辛螫肇允彼桃蟲拼

東海先生詩集傳　卷耳　二

飛維鳥未堪家多難予又集于蓼

莽使也桃蟲鷦鷯也古語曰鷦鷯生鵰始小而終大

蓼取其辛苦也成王始信二叔以疑周公既而悟其

姦故曰予其懲是以蓼後患羣臣勿使予者矣予猶

蜂耳苟使予將蟄女昔也始信以為是桃蟲耳無

能為也及其翻然而飛則大鳥也予方未堪多難而

又集於辛苦之地其奈何舍我而弗助哉

小毖一章八句

載芟春耤田而祈社稷也

禮王為民立社曰大社王自為立社曰王社王社在耤

田中耤田所祈也

載芟載柞其耕澤澤千耦其耘徂隰徂畛侯主侯伯侯
亞侯旅侯彊侯以有饁其饇思媚其婦有依其士有略其
耜俶載南畝播厥百穀實函斯活驛驛其達有厭其
傑厭厭其苗緜緜其麃載穫濟濟有實其積萬億及秬
爲酒爲醴烝畀祖妣以洽百禮有飶其香邦家之光有
椒其馨胡考之寧匪且有且匪今斯今振古如兹

載芟始也除草曰芟除木曰柞澤澤解散也耘除根株
也隰新發之田也畛舊田有術路者也主家之長也
伯其長子也亞仲叔也旅眾子弟也彊民之有餘力

而來助者所謂強予也能左右之曰以所謂間民轉

徒執事者也饁嗜食聲也依愛也略利也囷倉也活

生也既播之其實含氣而生也驛驛苗生貌也達出

土也厭厭然茂甚也傑先長者也縣縣詳審也庶耕

也濟濟人眾貌也馥椒皆香也以燕饗賓客則邦家

之光也以養耆老則胡考之所以安也且此也振自

也

載芟一章三十一句

良耜秋報社稷也

畟畟良耜俶載南畝播厥百穀實函斯活或來瞻女載

筐及筥其饟伊黍其笠伊糾其鎛斯趙以薅荼蓼荼蓼

朽止黍稷茂止穫之挃挃積之栗栗其崇如墉其比如

櫛以開百室百室盈止婦子寧止殺時犉牡有捄其角

以嗣以續續古之人

畟畟嚴利也或來瞻女婦子之來饁者也筐筥饟具

也糾然笠之輕舉也趙刺也荼陸草也蓼水草也挃

挃穫聲也栗栗百室一族之人也族人羣作相

助故同時入穀犉牡社稷之牲也以嗣以續與來歲

繼往歲也續古之人庶幾不替其先也

良耜一章二十三句

絲衣繹賓尸也

祭之明日復祭曰繹所以賓尸也天子諸侯曰繹以

祭之明日卿大夫曰賓尸以祭同日周曰繹商曰肜

毛氏之序稱高子之言曰靈星之尸也絲衣本宗廟

之詩其稱靈星既巳失之然又有以知毛氏雜取衆

說以解經非皆子夏之言凡類此耳

絲衣其紑載弁俅俅自堂徂基自羊徂牛鼐鼎昮及鬵兕

觥其觓旨酒思柔不吳不敖胡考之休

絲衣爵弁士助祭服也紑鮮潔貌也俅俅恭皃堂門

堂也基門塾之基也鼐大鼎也鼏小鼎也吳譁也禮

繹於廟門之外其禮薄於正祭故使士升門堂視壺

濯及籩豆降適於基告濯具遂視牲自羊而之牛及

告充巳乃舉羃告潔然後祭祭終旅酬而置罰爵

無有譁譁慢者於是神畏之以胡考之福

絲衣一章九句

酌告成大武也

於鑠王師遵養時晦時純熙矣是用大介我龍受之蹻

蹻王之造載用有嗣實維爾公允師

鑠盛也遵循也熙光也介助也蹻蹻武貌也載始也

公事也文王有於鑠之師而不用退自循養與時皆

晦晦而益明其後既純光矣則天下無不助之者文

王於是遂寵受之蹶然起而王之夫文王既造其始

矣故其後有嗣之者武王之興也實維文王之事信

爲之師夫方其不可而晦見其可而王之此所以爲

酌也而毛詩之序曰能酌先祖之道以養天下則是

詩之所不言也

酌一章八句

桓講武類禡也

王者將出征則講武而類上帝禡于所征之地

綏萬邦婁豐年天命匪解桓桓武王保有厥士于以四

方克定厥家於昭于天皇以間之

武王克商以安天下屢獲豐年之祥矣然天命之於

周父而不厭也故武王桓桓保有其衆用之四方于

以安定其國家其德上昭于天遂以代商有天下言

武之不可廢也皇君也間代也

桓一章九句

麥大封於廟也

賚予也

文王既勤止我應受之敷時繹思我徂維求定時周之

命於繹思

日藏詩經古寫本刻本彙編

敷布也時是也 繹陳也思辭也文王之勤勞天下至

矣其子孫應受而有之然而不敢專也是以布陳之

以與人維以行求天下之定而已非求利也此周之

所以命諸侯者於乎其陳之歎之也

賚一章六句

般巡守而祀四嶽河海也

般般遊也

於皇時周陟其高山隨山喬嶽允猶翁河敷天之下裒

時之對時周之命

隋狹長也喬高也猶道也翁河大河受衆水者也裒

總也對答也於乎美哉王之巡行天下也陟其山嶽

而道於大河思其有功於民是以至于敷天下無不

總答其功者此周之命也

般一章七句

潁濱先生詩集傳卷第十八終

魯頌

駉

魯少昊之墟而禹貢徐州大野蒙羽之野成王以封
周公之子伯禽十九世至僖公魯人尊之其沒也其
大夫季孫行父請於周而史克爲之頌然魯以諸侯
而作頌世或非之余以爲不然詩有天子之頌有諸
侯之風有天子之頌有諸侯之頌二者無在而不可
凡爲是詩者則爲是名矣古之王者治其室家而後
及於其國故以家爲末家者風之所自出
而國者雅之所自成也其爲本也必約而精其爲末

也必大而粗約而精者其微也大而粗者其著也微

則易失著則難喪是以文武之詩始於二南而繼之

以二雅先其本也方其盛也其風加於天下橫被而

獨見則有二南而無諸侯之風其後王德既衰衰始

於室家二南之風先絕而不繼國異政家殊俗則周

人之風不能及遠而獨為黍離諸侯之風分裂而為

十一故風之為詩無所不在也當是時也王者之風

雖亡然其所以為國猶在也故雖幽厲之世而雅不

絕至於平王東遷而喪其所以為國則雅於是遂廢

故詩惟雅為非天子不作也頌之為詩本於其德而

已故天子有德於天下則天下頌之諸侯有德於其
國則國人頌之商周之頌天下之頌也魯人之頌其
國之頌也故頌之爲詩無所不在也是二者無所不
在故其用之於樂也亦然記曰天子之射也以騶虞
爲節諸侯以貍首爲節大夫以采蘋爲節士以采蘩
爲節諸侯相見歌文王大明緜大饗升歌清廟下而
管象客出以雍徹以振羽饗鄰國之使歌鹿鳴四牡
皇皇者華天子諸侯未有不以風雅頌爲樂之節者
也然古之說詩者則不然曰一國之事繫一人之本
謂之風言天下之事形四方之風謂之雅美盛德之

形容而告於神明謂之頌然則風之作本於

雅頌之作本於天子及其考之於詩而不然於是從

而爲之說曰二南之爲風文王之未王也黍離之爲

風大師之自黜也魯之爲頌諸侯之僭也及其考之

於樂而不然於是又從而爲之說曰天子之樂之歌

風下就也諸侯之樂雅上取也既爲一說而不

合又爲一說以救之要將以尊天子而黜諸侯是以

學者疑之今將折之莫若反而求其所以爲風爲頌

之實曰風言其風俗之實也頌頌其德頌之實也豈

有天子而無俗諸侯而無德者哉蓋古之王者慎其

德而無失其政使天下之諸侯不善者廢善者不能

獨見其化一出於天子未嘗禁其為詩而其詩亦無

由而作也及至王德已衰諸侯國自為政善惡雜然

交見於下雖欲禁其為詩其勢亦不可得止矣故未

嘗為之制徒一其政於天下則天子之詩獨見於世

諸侯之詩熄矣

駉頌僖公也

駉駉牡馬在坰之野薄言駉者有驈有皇有驪有黃以

車彭彭思無彊思馬斯臧

駉駉腹幹肥張也邑外謂之郊郊外謂之牧牧外謂

日藏詩經古寫本刻本彙編

之野野外謂之林林外謂之坰農利於近而遠不害

馬故養馬於坰不以馬害農也驈馬白跨曰驈黃白

曰皇純黑曰驪黃騂曰黃彭彭有力容也諸侯六閑

馬四種有良馬有戎馬有田馬有駑馬故此詩四章

以次言之僖公推其誠心以治其國家其思慮無所

不及以為不可徧舉故舉其一曰思馬斯臧苟思馬

而馬善則凡其思慮之所及未有不善者也非至誠

而能若是乎

駉駉牡馬在坰之野薄言駉者有驈有騜有驔有駽以

車伾伾思無期思馬斯才

蒼白雜毛曰騅黃白雜毛曰駓赤黃曰騂蒼祺曰騏

伾伾有力也才材力也

駉駉牡馬在坰之野薄言駉者有驛有駱有駵以

車繹繹思無斁思馬斯作

青驪驎曰驒白馬黑鬛曰駱赤身黑鬛曰騮黑身白

鬛曰雒繹繹善走也斁厭也作奮起也

駉駉牡馬在坰之野薄言駉者有駰有騢有驔有魚以

車祛祛思無邪思馬斯徂

陰白雜毛曰駰彤白雜毛曰騢豪骭曰驔二目白曰

魚祛祛強健也徂行也孔子曰詩三百一言以蔽之

曰思無邪何謂也人生而有心心緣物則思故事成

於思而心喪於思思無邪其正也有思其邪也有心未

有無思者也思而不留於物則思而不失其正存

而邪不起故易曰閑邪存其誠此思無邪之謂也然

昔之爲此詩者則未必知此也孔子讀詩至此而有

會於其心是以取之蓋斷章云爾

　駉四章章八句

　有駜頌僖公也

有駜有駜彼乘黃夙夜在公在公明明振振鷺鷺于

下鼓咽咽醉言舞于胥樂兮

駉馬肥強貌也人之於馬也將用其力則致其養以

肥彊之馬之肥彊非有所自用亦以為人用而已僖

公盡其養以養臣臣盡其力以報君亦猶是故曰僖

夜在公明明言未始不在公也僖公於是燕之

以禮樂士之來者如鷺之集其醉者或起舞以相樂

和之至也

有駜有駜彼乘牡夙夜在公在公飲酒振振鷺鷺于

飛鼓咽咽醉言歸于胥樂兮有駜有駜彼乘駒夙夜

在公在公載燕自今以始歲其有君子有穀詒孫子于

胥樂兮

青驪曰駽有歲豐年也穀祿也臣安其君故願其富

且有後也

泮水頌僖公也

有駜三章章九句

此詩言既作泮宮遣將出兵以克淮夷閟宮言公子

奚斯作新廟今考於春秋其事皆不載世有以是疑

二詩之妄者予嘗辨之泮宮魯之學也閟宮魯之廟

也自魯先君而有之矣僖公因其舊而脩之是以不

見於春秋至於淮夷之功予亦疑焉然此詩有之式

固爾猶淮夷卒獲有所未獲而欲終之則其所獲尚

少也自僖公至於孔子八世事之小者容有失之其
大者未有不錄也今此詩之言甚美而大則君臣之
辭歟或曰以君臣而為此辭可也而孔子錄之可乎
曰維可之是以錄之錄其所可而去其所不可此孔
子之所以為詩也子貢曰紂之不善不如是之甚也
是以君子惡居下流天下之惡皆歸焉孟子曰吾於
武成取二三策而已以至仁伐不仁何其流血之漂
杵夫二子之言信矣然孔子未嘗以廢周書蓋好惡
之言必有過者要不以惡為善則已矣此達者之所

自論也

思樂泮水薄采其芹魯侯戾止言觀其旂其旂茷茷

聲噦噦無小無大從公于邁

天子之學曰辟雝諸侯曰泮宮辟雝水圜如璧泮水

半之也僖公作泮宮而其民樂之曰吾思樂泮水之

上雖無所得聊采其芹而足矣況於往而見魯侯哉

茷茷飛揚也噦噦和也

思樂泮水薄采其藻魯侯戾止其馬蹻蹻其馬蹻蹻其

音昭昭載色載笑匪怒伊教

僖公之至於泮宮也則好其顏色和其笑語未嘗有

所怒也教之而巳

思樂泮水薄采其芹魯侯戾止在泮飲酒既飲旨酒求

錫難老順彼長道屈此羣醜

芹莧葵也僖公與其羣臣飲酒於泮宮咸願神錫之

以難老使之順從長道以屈羣衆夫苟無其人雖有

其道不能從也苟無其道雖有其衆不能服也是以

願僖公之難老也

穆穆魯侯敬明其德敬慎威儀維民之則允文允武昭

假烈祖靡有不孝自求伊祜

烈祖伯禽也僖公信文且武其明至於伯禽故魯人

化之無有不孝者

明明魯侯克明其德既作泮宮淮夷攸服矯矯虎臣在
泮獻馘淑問如皋陶在泮獻囚

古之出兵受成於學及其反也釋奠於學而以訊馘

告

濟濟多士克廣德心桓桓于征狄彼東南烝烝皇皇不

吳不揚不告于訩在泮獻功

狄古逖通訩訟也言其羣臣無忿狷之心故於其征

淮夷而逖遠之於東南也雖烝烝其眾皇皇其大未

嘗有譁譁輕揚相告於訟者是以能成功而還獻之

於泮宮

角弓其觩束矢其搜戎車孔博徒御無斁旣克淮夷孔

淑不逆式固爾猶淮夷卒獲

觩弓健貌也搜矢疾聲也束矢百矢也僖公兵戎精

繕士卒競勸故能克淮夷甚善而不逆君子於是告

之使益固其道庶幾淮夷可以盡得也

翩彼飛鴞集于泮林食我桑黮懷我好音憬彼淮夷來

獻其琛元龜象齒大賂南金

鴞惡聲鳥也食泮林之黮而獝以好音歸之況於人

安有不化服者哉憬覺悟也琛寶也賂遺也南金荊

揚之金也荊揚之貨其至於齊魯也自淮而上

泮水八章章八句

閟宮頌僖公也

毛詩之序曰駉頌僖公也有駜頌僖公君臣之有道
也泮水頌僖公能脩泮宮也閟宮頌僖公能復周公
之宇也夫此詩所謂居常與許復周公之宇者人之
所以願之而其實則未能也而遂以爲頌其能復周
公之宇是以知三詩之序皆後世之所增而駉之序
則孔氏之舊也

閟宮有侐實實枚枚赫赫姜嫄其德不回上帝是依無
災無害彌月不遲是生后稷降之百福

曾以周公故得立姜嫄之廟僖公脩而新之閟深也

血清淨也實實輩固也枚枚礱密也

黍稷重穋稙稺菽麥奄有下國俾民稼穡有稷有黍有

稻有秬奄有下土纘禹之緒

先種先熟曰稙後種後熟曰稺洪水既平后稷乃始

播種百穀故曰纘禹之緒

后稷之孫實維大王居岐之陽實始剪商至于文武纘

大王之緒致天之屆于牧之野無貳無虞上帝臨女敦

商之旅克咸厥功

屆極也敦迮之也咸兼也能兼舉先祖之功也

潁濱先生詩集傳

王曰叔父建爾元子俾侯于魯大啓爾宇爲周室輔乃

命魯公俾侯于東錫之山川土田附庸

王成王也叔父周公也元子魯公伯禽也附庸不能

自達於天子而附於大國也

周公之孫莊公之子龍旂承祀六轡耳耳春秋匪解享

祀不忒皇皇后帝皇祖后稷享以騂犧是饗是宜降福

既多

莊公之子僖公也成王以周公有大功於王室故命

魯公以夏正郊祀上帝配以后稷牲用騂牡

周公皇祖亦其福女春而載嘗夏而福衡白牡騂剛犧

筭將將毛炰脤羹邊豆大房萬舞洋洋孝孫有慶俾爾

熾而昌俾爾壽而臧保彼東方魯邦是常不虧不崩不

震不騰三壽作朋如岡如陵

皇祖伯禽也楅衡施於牛角所以止觸也秋將嘗而

夏楅衡其牛言夙戒也白牡周公之牲也騂剛魯公

之性也羣公不毛犧尊之以牛饎者也毛炰豚也

犧切肉也羹大羹鉶羹也大房半體之俎也慶尸服

主人也其下皆服辭也三壽三卿也此二章言僖公

致敬郊廟而神降之福也

公車千乘朱英綠縢二矛重弓公徒三萬貝胄朱綅烝

徒增增我狄是膺荆舒是懲則莫我敢承俾爾昌而熾

俾爾壽而富黄髮台背壽胥與試俾爾昌而大俾爾耆

而艾萬有千歲眉壽無有害

大國之賦千乘兵車之制甲士三人左持弓右持矛

中人御朱英所以飾矛綠縢所以約弓也周禮萬二

千五百人為軍魯自襄公始作三軍僖公之世二軍

而巴二軍而曰三萬成數也司馬法兵車千乘為七

萬五千人而曰公徒三萬者大國之賦適滿千乘次國

盡用之是舉國而行也故其用之也大國三軍次國

二軍而巴貝胄貝飾胄也朱綫所以綴也增增眾也

膺當也承禦也可以當戎狄懲荆舒而莫之禦言其
强也此二章言僖公治其軍旅繕其車甲器械故其
民無不欲其昌大壽考而託之以爲安也壽胥與試
者願其壽而相與試其才力以爲之用也

泰山巖巖魯邦所詹奄有龜蒙遂荒大東至于海邦淮
夷來同莫不率從魯侯之功保有鳧繹遂荒徐宅至于
海邦淮夷蠻貊及彼南夷莫不率從莫敢不諾魯侯是
若天錫公純嘏眉壽保魯居常與許復周公之宇魯侯
燕喜令妻壽母宜大夫庶士邦國是有既多受祉黃髮

兒齒

泰山齊魯之望也詹至也龜蒙息見繹魯之四山也故

春秋齊人歸鄆讙龜陰之田禹貢徐州蒙羽其又嶧

陽孤桐魯之疆則止於此四山其餘則其東南勢相

聯屬可以服從之國也常許魯之故地而未復者也

春秋鄭伯以璧假許田常或作嘗齊有孟嘗豈為齊

所侵歟此三章言僖公懷柔遠方至於淮海蠻貊之

國莫不服從而願其壽考以復魯之侵地宜其室家

臣庶以保有其所服從之國也

徂徠之松新甫之柏是斷是度是尋是尺松桷有舄路

寢孔碩新廟奕奕奚斯所作孔曼且碩萬民是若

徂徠新甫皆山也八尺曰尋爲大貌也新廟姜嫄廟

也脩舊曰新奚斯公子子魚也曼脩廣也僖公上爲

神之所福內爲國人之所安外爲鄰國之所懷於是

脩舊起廢治其宮室寢廟以順萬民之望

閟宮十三章五章章九句四章章八句一章十

二句一章十一句二章章十句

此詩百二十句舊分八章非也當以此爲正

那

契爲舜司徒而封於商傳十四世而成湯受命其後

既衰則王宗迭興及紂爲武王所滅封其庶兄微子

啓於宋以奉商後其地在禹貢徐州泗濱西及豫州
孟豬之野其後政衰商之禮樂日以放失七世至戴
公其大夫正考父得商頌十二篇於周太師歸以祀
其先王至孔子編詩而亡其七篇然於春秋之際大國
略皆有變風宋魯獨無風而有頌鄭氏疑而爲之說
曰宋王者之後也魯聖人之後也是以天子進守不
陳其詩蓋所以禮之也予聞周之盛時千八百國雖
後世陵遲力強相吞而春秋所見猶百有七十餘國
變風之作先於春秋數世矣而詩之載於太師者獨
十三國其不見於詩者豈後皆有說哉意者列國不

皆有詩其有詩者雖檜曹之小邶鄘魏之亡而有不

能已其無詩者雖燕蔡之成國宋會之禮樂而有不

能作且非獨此也齊桓晉文霸者之盛也而皆不得

有詩栢附於衞文附於秦皆止於一見衞莊姜齊襄

公鄭昭公事至微矣然其詩屢作而不止蓋事有適

然而無足疑者若夫吳楚之國雖大而用夷且僭周

室則雖其無詩蓋亦學者之所不道也

那祀成湯也

猗與那與置我鞉鼓奏鼓簡簡衎我列祖湯孫奏假綏

我思成鞉鼓淵淵嘒嘒管聲既和且平依我磬聲於赫

湯孫穆穆厥聲庸鼓有斁萬舞有奕我有嘉客亦不夷

懌自古在昔先民有作溫恭朝夕執事有恪顧予烝嘗

湯孫之將

猗美也那多也置植也夏足鼓商植鼓周懸鼓鞉鼓

皆所以節樂也衎樂也假至也磬玉磬也庸大鐘也

客二王後也將奉也記曰商人尚聲臭味未成滌蕩

其聲樂三闋然後出迎牲故其祀成湯也取其所植

鞉鼓而奏之以作樂以樂其烈祖成湯樂奏而湯孫

至曰以是安我所思成之人記曰齋之日思其居處

思其笑語思其志意思其所樂思其所嗜齋三日乃

見其所爲齋者凡此皆非有也而生於其思故謂之

思成於是韠鼓管簫作於堂下其聲依堂上之玉磬

無相奪倫者至於九獻之後鍾鼓交作萬舞陳於廷

而祀事畢矣於時王者之後皆來助祭無不和悅者

以爲凡此皆湯德之致也故曰自古在昔先民成湯

造商而遺之子孫我今賴之溫恭朝夕執事於此而

已湯其尚顧予烝嘗哉此湯孫之所奉者庶幾其顧

之也

那一章二十二句

祀中宗也

中宗大戊也

嗟嗟烈祖有秩斯祜申錫無強及爾斯所既載清酤賚

我思成亦有和羹既戒既平鬷假無言時靡有爭綏我

眉壽黃耈無疆約軷錯衡八鸞鶬鶬以假以享我受命

溥將自天降康豐年穰穰來假來饗降福無疆顧予烝

嘗湯孫之將

嗟乎我烈祖成湯有秩秩無窮之福可以申錫於無

疆以及爾中宗之所故中宗猶以其餘福復與我今

既載清酒於尊以畀我所思成之人又重之以和羹

於時百官總至於廟肅然無言靡有爭者故其耈老

黃耇無疆之人咸安於其位脩潔其車服以來助祭

旣至而獻其國之所有凡於我受命者溥且大矣於

是天降之豐歲以供其粢盛言人旣助之天又應之

然後庶幾祖考來格而饗其祭報之以福曰其尚雇

予柔嘗哉此湯孫之所奉也賚我思成猶言丞畀祖

姚古語質也饎總也

烈祖一章二十二句

玄鳥祀高宗也

祀當作祫古者君喪三年而祫明年春禘自此之後

五年而再殷祭一禘一祫祫祭之禮毀廟與未毀廟

之主皆升合食於太祖此詩除高宗之喪而約禱之

詩也故歷言商之先君至高宗而止又以太禰之詩

次之而後繼以時祀高宗之詩高宗武丁也

天命玄鳥降而生商宅殷土芒芒古帝命武湯正域彼

四方方命厥后奄有九有商之先后受命不殆在武丁

孫子武丁孫子武王靡不勝龍旂十乘大糦是承邦畿

千里維民所止肇域彼四海四海來假來假祁祁景員

維河殷受命咸宜百祿是何

玄鳥乙也古猶言昔也糦黍稷也景大也員均也契

母簡狄有娀氏之女為帝嚳次妃見玄鳥墮其卵而

吞之因孕生爲堯封之於商十四世而至於湯始受

命以正域四方之諸侯四方之君罔不受遂奄九州

而有之其後世世受天命無有危殆以至武丁之子

孫以武德王天下無所不勝是以諸侯建龍旂乘車

奉黍稷以來助祭夫天子所居畿內千里自足以疆

域四方諸侯賴之以安故其至者祁祁其衆其

大而均如衆水之赴河咸曰殷受天命天下莫不宜

之者宜其能何天祿也此助祭者所以若是其多也

玄鳥一章二十二句

長發大禘也

大禘宗廟之禘也故其詩歷言商之先君又孫其卿

士伊尹伊尹蓋與祭於禘也

濬哲維商長發其祥洪水芒芒禹敷下土方外大國是

疆幅幀既長有娀方將帝立子生商

濬深也哲明也京師方之內也諸夏方之外也幅廣

也隕均也商之受命深遠而明其祥之見也久矣唐

虞之際禹跡積水以疆理諸夏之國有娀於是始大

上帝則已立其女簡狄之子以造商室矣

玄王桓撥受小國是達受大國是達率履不越遂視既

發相土烈烈海外有截

玄王勢也桓武也綴治也契之為人武而能治綴之
以國政無不能達所謂在家必達在邦必達者也率
循也履蹈也契之所循蹈未嘗出中然其於事能洞
視其情而遽發以應之相土契之孫也

帝命不違至于湯齊湯降不遲聖敬日躋昭假遲上
帝是祗帝命式于九圍

商之先祖既有明德天命未嘗去之至於湯而王業
成與天命會焉湯之所以自降下者甚敏而不遲故
其德日以益升明假于天然而其心未嘗汲汲於有
天下凡以敬天命而已於是天命之使用式於九圍

九圉九州也

受小球大球為下國綴旒何天之休不競不絿不剛不

柔敷政優優百祿是遒

球玉也小球鎮圭長尺二寸大球琭長三尺天子之

所服也湯既受命執圭措琠以臨朝會非以寵其身

也所以挈有下國如雄旗之綴旒為絿急也遒聚也

受小共大共為下國駿厖何天之龍敷奏其勇不震不

動不戁不竦百祿是總

共拱通合拱之玉也駿大也厖厚也龍寵也戁竦懼

也

武王載斾有虔秉鉞如火烈烈則莫我敢曷苞有三蘗
莫遂莫達九有有截韋顧既伐昆吾夏桀

武王湯也曷過通苞本也蘗餘也本則夏桀蘗則韋
顧昆吾也韋豕韋彭姓也顧及昆吾巳姓也湯既受
命載斾秉鉞以征不義桀與三蘗皆不能自達於天
下故天下截然歸商於是遂伐韋顧既克之則以伐
昆吾夏桀焉

昔在中葉有震且業允也天子降予卿士實維阿衡實
左右商王

自契至湯其間蓋有微弱震動之憂歟信矣天之子

商也降之卿士以左右商王而後商室以與阿衡伊
尹也

長發七章一章八句四章章七句一章九句

殷武祀高宗也

章六句

孫之緒

撻彼殷武奮伐荆楚罙入其阻褻荆之旅有截其所湯

撻疾意也罙深也褻聚也自盤庚沒而殷道衰楚人

叛之高宗撻然用武以伐其國入其險阻以致其衆

戮有罪以齊一之使皆即用高宗之次緒易曰高宗

伐鬼方三年克之蓋謂此歟

維女荊楚居國南鄉昔有成湯自彼氐羌莫敢不來享

莫敢不來王曰商是常

既克之則告之曰爾雖遠居吾國之南耳昔成湯之

世雖氐羌猶莫敢不來朝曰此商之常禮也況於汝

荊楚則曷敢不至哉

天命多辟設都于禹之績歲事來辟勿予禍適稼穡匪

解

荊楚既服天命諸夏之君凡建國于禹迹者咸以歲

事來見於王以祈王之不譴曰予稼穡匪解所可以

柔湯先生詩集傳　卷十　二

免咎矣

天命降監下民有嚴不僭不濫不敢怠遑命于下國封

建厥福

天監視商爲下民之所嚴而不僭不濫不敢怠遑故

使之制命于下國封建其所當福

商邑翼翼四方之極赫赫厥聲濯濯厥靈壽考且寧以

保我後王

諸侯歸之上帝予之故能以商邑爲四方之中赫赫

濯濯光明也後王子孫也

陟彼景山松柏九丸是斷是遷方斲是虔松桷有梴旅

天下既治然後伐其松柏而新其宮室既成而無所
不安德之至也景山大山也九九易直也遷徙也虖
敬也梴長貌也旅楹衆楹也司馬遷言宋襄公脩仁
行義欲為盟主其大夫正考父美之故追道契湯高
宗殷之所以興作商頌其說蓋出於韓詩近世學者
因此詩有奮伐荊楚則以襄公伐楚之事當之遂以
韓嬰之說為信予考商頌五篇皆盛德之事非宋之
所宜有且其詩有邦畿千里維民所止肇域彼四海
命于下國封建厥福此類非復諸侯之事無可疑者

襄公伐楚而敗於泓幾以亡國此宋之大恥然非其

所當頌而長發之詩謂湯武王苟誠襄公之頌周有

武王豈復以命湯哉

殷武六章三章章六句二章章七句一章五句

潁濱先生詩集傳卷第十九終